EPISTRES FRANCOISES ET LIBRES DISCOVRS.

Par le ſieur Daudigu[illegible]

AV ROY.

A PARIS,

Chez IEAN BERJON, rue S. Iean de Beauuais au Cheual volant, & en ſa boutique au Palais en la gallerie des priſonniers.

M. DC. XI.

AV ROY.

SIRE

Ie dementirois mõ espee, & ma plume, & ie diray encore ma race ; si apres auoir passé la fleur de mon temps, & versé le plus pur de mon sang pour le seruice du grand Henry vostre pere, ie pouuois cesser d'honnorer encores apres sa mort, celuy que ie ne me suis iamais peu lasser de seruir durãt sa vie. Le regret de sa perte SIRE, & le desir de vostre conseruation, me firent sortir ce premier discours du cœur, vn peu apres qu'il fut sorti de ce monde, auec autant de paßion comme de raison, cõtre les autheurs d'vn si sacrilege attentat. Car ie ne suis point de ceux qui croient que ce fut vn coup sans dessein, mais de ceux qui deplorẽt le mal-heur de ceux qui le croyent; Ie dy SIRE, autrement que par raison d'estat, car par ceste reigle plusieurs choses qui ne peuuent estre commodement chastiees, se doiuent dißimuler iusques à la commodité du chastiment. Icy SIRE, ie supplie treshumblement vostre Maiesté par ceste huyle celeste dont elle viẽt d'estre sacree, & par le soin qu'elle doit auoir de conseruer l'Oint du Seigneur en elle mesme, de me laisser vn peu parler; car s'il fut autresfois permis à vn muet naturel pour mesme ou pareil suiet, à plus forte raison le doit-il estre a vn homme qui ne l'est pas, & qui pour n'auoir esté creu, a desia par deux fois souffert & ressenti le mal, dont l'autre n'auoit que la crainte. On ſe fut mocqué des Troyens, ſi apres les euenemens des preſages de Caſſandre, ils euſſent encore refuſé de croire, ce qu'ils venoient de ſouffrir. Et nous n'en ſerions pas moins dignes ſi apres les triſtes preuues d'vne experience ſi lamentable, nous pouuions encore doutter de ce que le ſang de deux ſi grands Roys vos predeceſſeurs, nous a ſi funeſtement eſclaircis. Ie ne diray rien mal à propos SIRE, ny n'accuſeray point les innocens, non pas meſme les coulpables, pour ne pouuoir clairement monſtrer ce que le temps ne permet encore de voir; mais ie diray encore vne fois que ce crime prodigieux n'a point eſté perpetré ſans deſſein, & que ceux qui nous veulent perſuader autrement, nous veulent creuer les yeux en plein iour pour nous empeſcher de le reconnoiſtre. Car de le referer ſimplement à la ſuggeſtion du diable, c'eſt nous enuoyer bien loin en faire les informations en l'autre monde; & de le donner à la rage d'vn fol ou d'vn ennemi, ce mal-heureux n'en fut iamais tant, qu'il se fut voulu sacrifier luy-mesme à vne hayne publique, à vn trespas ineuitable, & a tant de tourmens qu'il s'estoit proposez auant que les souffrir, s'il n'en eust esperé quelque bien qui luy eust fait mespriser ces maux; puis qu'aucun n'est tant ennemi de soy-mesme qu'il se vueille perdre pour rien, sans auoir autre obiet deuant les yeux que sa seule perte. D'où s'ensuit qu'ayant fait vn si detestable coup de sang froid, sans auoir iamais fait deuant ny apres aucun acte de folie, sans auoir suiet ny pretexte d'aucun mescontentement de ce bon Roy; il ne s'est point resolu de le tuer sans y auoir esté disposé par vn grand discours, & n'y a point esté disposé par autre discours que par celuy d'vne mauuaise doctrine; car il estoit necesſaire que ce qu'on luy faiſoit eſperer, fut plus grãd que ce qu'il deuoit craindre, & que pour eſtre tel, il fut purement ſpirituel, puis qu'il n'y a choſe temporelle au monde pour laquelle on ſe vueille perdre ſoy-meſme. Et certes SIRE, le bruit commun de ſa mort n'euſt peut courir deaans & dehors le Royaume, auant & alors qu'elle aduint, ſi elle n'euſt eſté coniuree; & & le temps auquel elle eſt arriuee force les teſtes plus opiniaſtres à receuoir la verité de ceſte creance; car on la laiſſé viure tant qu'il ſ'eſt contenté de chaſſer & de baſtir, mais on la fait mourir alors que l'appareil de ſes armes le rendoit eſpouuantable à ceux qui n'auoient autre moyen de luy reſiſter: Et bien que ſa valeur & ſon courage incomparable les fit en tout temps trembler & tranſir de mille frayeurs; ſi eſt-ce qu'il ne leur fut iamais ſi redoutable qu'en l'appreſt de ceſte derniere armee, comme les choses plus effroyables, & la mort mesme qui est la plus certaine & la plus terrible de toutes, ne nous fait iamais tant de peur qu'alors que nous la sentons approcher. Or ayant resolu de vous faire voir cecy SIRE, & de publier par tout vne chose si veritable. Ie ne l'ay point fait pour attacquer l'honneur de personne, ny pour m'acquerir des ennemis autres que les vostres, desquels ie suis & ne crains point de me declarer mortel & capital aduersaire; mais pour supplier treshumblement vostre Maiesté, & la presser par les plus instantes prieres & coniurations qu'on luy puisse faire; de tirer plus de proffit de sa perte, qu'il n'a fait de celle de son deuancier, & fuyr autant son exemple en ce seul endroit, comme vous le deuez imiter en toute autre chose. Car s'il eust ouuert tãt soit peu les yeux, ou les oreilles aux aduis qu'on luy donnoit tous les iours de se conseruer, nous l'aurions encore pour Maistre, vous pour Pere, & vne bonne partie du monde pour Empereur.: estant vray semblable que celuy que tãt de forces iointes ensemble n'auoient peu empescher de paruenir à ceste couronne, lors qu'il estoit si foible de moyens & d'hommes; estant maintenant si fort en l'vn & en l'autre, n'eust pas esté facilement arresté par la foiblesse de ses ennemis. A la verité SIRE, Il faudroit renoncer non seulement à la France, mais encore a l'humanité pour ne regretter point vn si braue Prince. Il estoit certainement grand, & ce nom la que la grace, ou la flaterie confere indignement à plusieurs, luy a esté iustement acquis par la force de son merite. Mais parmy tant de grandes perfections, il faut aduouër qu'il a eu ce seul defaut de n'estimer pas assez sa personne, & ne faire pas assez d'estat des aduis qu'on luy donnoit de la conseruer ; defaut qu'en vn particulier eust esté louable, mais qui estoit de perilleuse cõsequence en vn si grand Roy. Il auoit accoustumé de dire, que qui mesprise sa vie, se rend maistre de celle d'autruy, maxime qu'il auoit apprise de Seneque, & de laquelle il vouloit inferer qu'il n'y a que Dieu qui nous puisse garder d'vn desesperé. Mais Senecque n'entendoit pas qu'il en falut negliger sa conseruation, & chacun sçait que s'il ne l'eust negligee, il seroit encores en vie, ô SIRE que i'ay de regret de ceste infortune! que la douleur en surpasse de loin la plainte! & que ie serois marry qu'vn pareil mespris nous apportast vn pareil malheur! Prenez y garde SIRE, & ne prenez point en mauuaise part la deuotion & le zele qui me fait vous en supplier auec tant d'ardeur & de hardiesse. Conseruez nous tant de belles esperances que vous nous donnez de vostre vertu, tant de propheties qu'on dit par tout de vostre fortune, & tant de grands fruits dont vous nous faites heureusement voir les fleurs en ceste premiere ieunesse. Ne vous communiquez point à tant de petites gens qu'on choisit ordinairement pour faire de ces grands coups à cause de la foiblesse de leur esprit, & du peu d'estat qu'ils font de se perdre; car cela raualе vostre Maiesté, & met en danger vostre personne: Entretenez vous auecques vostre noblesse qui n'attentera iamais sur son Prince, & qui au contraire hazardera sa vie à cent mille pertes pour la conseruation de la vostre. De tant de gentil-hommes que la France a portez depuis nostre premier Roy, un seul Bodille a fait mourir un seul Chylperic, Prince hay pour ses vices durant sa vie, & diffamé par les siens mesmes apres sa mort, qui entre mille autres indignitez auoit fait fouetter indignement ce Baron; faute que ie n'allegue pas pour iustifier le crime de l'autre, dont la memoire est execrable, & le nom à iamais maudit en la bouche de tous les François: mais pour monstrer qu'vn seul gentil-homme irrité de la perte de son honneur, a commis autresfois par vne passion de vengeance, ce que tant d'autres ont fait & attenté depuis sous ombre de religion. Et pour vous apprendre ceste belle leçon, que les François ne sont point esclaues, mais suiets & seruiteurs de leurs Rois. SIRE, ie vous ay demandé la liberté de parler pour vous dire la verité, non pour vous flatter; permettez moy dōc que ie vous la die, & pensez qu'il est autant hōnorable à vostre Maiesté de la pouuoir souffrir, comme à moy de vous l'oser dire. Ne trouuez point mauuais que ie m'estende sur ce suiet puis qu'il est si iuste, & qu'il y va de nostre salut, & du vostre

vie. C'est vne chose qui ne vous sçauroit iamais estre assez redite, & dont la plus belle exhortation qu'on vous sçauroit faire, seroit la plus longue. Ie prie ce Dieu viuant SIRE, deuant l'eternité duquel tout ce long espace d'annees que nous appellons le temps, n'est rien qu'vn momẽt; qu'il luy plaise de rendre mes aduertissemens salutaires, les iours de vostre regne paisibles & bien heureux, les desseins de vostre pere parfaits, vos propres desirs accomplis, & le veux de vos bons suiets exaucez. Que sous la Regence d'vne si grande & vertueuse Reyne, vous puissiez ietter les bornes de vostre Empire au dela des monts & des mers qui nous enuironnent; & que les armes de France, & le sainct nom de Louys, retentissent encore vne fois par les sacrez riuages de la Palestine. Que les Ottomans conuertis ou vaincus, quittent l'argent de leur croissant pour *suyure l'or de vos Lys ; & que la Grece captiue & gemissante sous la tyrannie du nom Chrestien, doiue sa deliurance à vn Roy Tres-Chrestien & premier fils de l'Eglise. Que l'Vniuers soit sous vous appellé la France, & tant de Royaumes qu'il y a separez au monde, compris en vne seule monarchie, de laquelle vous soyez souuerain Chef, tousiours Auguste & victorieux. Et moy de vostre Maiesté*

SIRE.

Le tres-humble tres-fidelle & tres-obeissant sujet & seruiteur.

AV LECTEVR.

LEcteur, ie croyois te donner ceste seconde partie de mes Epistres plus grande, & plus parfaite que la premiere; mais ayãt esté volé pendant qu'elle s'imprimoit, ie l'ay laissé trois ou quatre mois sous la presse, en attendant tousiours d'auoir quelque nouuelle de mes papiers, desquels i'auois acreu le nombre de mes pertes. En fin ayãt encore perdu le temps & l'attente, i'ay esté cõtraint principalement par mon imprimeur, de te la donner comme elle eſt. C'eſt la cauſe de la diſproportion & ineſgalité que tu trouueras en ſes pieces, fort differentes l'vne de l'autre, & fort eſloignees du ſujet que j'auois commencé ſur l'aſſaſſinat du feu Roy, duquel ie parle auec paſſion & violence, moindre toutesfois en mes parolles que ie ne la reſſens en mon cœur, tant pour le dommage public que pour mon intereſt particulier ; ayant perdu ma fortune auec ſa vie, & l'eſperance de la pouuoir jamais releuer.

releuer. Pluſieurs trouueront eſtrange que i'aye demeuré ſi long temps à publier vne choſe dont l'occaſion ſemble eſtre deſia paſſée, auſquels le meſme accident pourra ſatisfaire. Et quant à ceux qui voudroient tirer quelque argument de ma libre façon d'eſcrire, contre ceux qu'on a voulu ſoupçõner de ce parricide ; ie les ſupplie de croire que n'eſtant point iuge de ceſte cauſe, i'en laiſſe la connoiſſance à ceux qui le ſont. me contentant de repreſen, ter la perte des Rois deffunts pour la conſeruatiou du viuant, afin de le rendre heureux par l'exemple de leur mal-heur; ce qui ne peut estre trouué mauuais que par ceux qui voudroient enseuelir auec leur memoire, les moyens par lesquels on s'en est defait, pour les practiquer encore vne fois sur la vie du fils, quand il ne sera plus enfant, ou qu'il se voudra rendre redoutable comme le pere. D'où ie ne veux point inferer qu'on doiue rechercher l'innocence d'autruy, mais l'asseurance de soy-mesme. Voyla ce qui m'a fait escrire, & Dieu vueille que ce soit plus vtilement que ie n'ay fait autresfois ſur meſme ſu-jet. Ie ſçay que l'innocence eſt vn friand morceau pour la calomnie, que la meſdiſance ne s'attaque pas ſi ſouuent au Vice qu'à la Vertu; & croy bien qu'vne grande partie du monde ſoit innocente, mais non pas toute; ayant deſia monſtré qu'il falloit qu'il y euſt du deſſein en ce coup, & qu'il venoit de plus loin que de celui qui le fit, contre pluſieurs qui croyent que ce fut de ſon propre mouuement. Mais au reſte, ie n'en accuſe, ny n'en excuſe perſonne, &

tiens qu'en vn crime ſi prodigieux , la faute que l'on commettroit en excuſant les coulpables , ne ſeroit pas moindre , que celle qu'on pourroit faire en accuſant les innocens, Adieu.

Fautes suruenues en l'impreßion.

PAge 51. ligne 19. lisez, il monstra, l. 20. l. encor d'auantage, d'autant. p. 55. l. 7. l. il fait. p. 59. l. 4. l. il estoit. p. 64 l. 18. l. beau cham. p. 70. l. 10. l. au pair, l. 22. & 23. l. sa lyre, l. empeschcrét, p. 75. l. 23. l. vous pouuez bien, p. 83. l. 5. l. d'Hecube, p. 92. l. 5. l. permetrez, l. 12. l. n'en porter. l. 9. l. vit. p. 119. l. 14. l. n'altereray-ie, p. 126. l. 13. l. qu'infame, p. 153. l. 5. l. ne manquant, p. 180. l. 1. l. aux, p. 192. l. 6. l. de telle grandeur, p. 198. l. 3. l. moins commun, p. 211. l. 20. l. plages. p. 231. l. 9. l. pas par elle, p. 233. l. 6. l. regach. p. 237. l. 3. l. rendre, p. 240. l. 10. l. merite,

Extraict du priuilege du Roy.

PAR lettres patentes du Roy, il est permis à IEAN BERJON, Imprimeur & Libraire à Paris, d'imprimer & mettre en vente vn liure intitulé, *la Seconde partie des Epistres Françoises & libres Discours du sieur Daudiguier* auec inhibitions & defenses à tous autres marchans libraires & imprimeurs, d'imprimer ou faire imprimer, vẽdre ou distribuer ledit liure en cestuy nostre Royaume, durant le terme de six ans, à commencer du iour & datte qu'icelui liure sera acheué d'imprimer, sur peine de cõfiscation desdits liures qui seront trouuez d'autre impression que de la siene, & d'amende arbitraire: comme plus amplement est cõtenu & declaré esdittes lettres. Voulons aussi qu'aposant l'extrait du priuilege au commencement ou à la fin dudit liure, il soit tenu pour duëment signifié, car tel est nostre plaisir. Donné à Paris le 17. iour de Nouembr. 1610. Et de nostre regne le 1. Par le Roy en son Conseil.

Signé.

POVSSEPIN.

EXHORTATION AVX FRANCOIS SVR LE trespas de Henry le grand Roy de France & de Nauarre.

ARGVMENT.

Que le chastiment de la mort d'vn Roy ne se doit point arrester à la personne d'vn seul assasin : Que ce seroit s'attacher à l'instrument sans passer à la cause du mal ; Que cela perdroit non seulemẽt l'honneur de la France, mais aussi la vie de tous nos Roys.

AV ROY.

Discours premier.

E vray François qui porte grauẽdãs le cœur l'amour de son Prince, & d'vn Prince si grand & si parfait que celuy que nous venons maintenant de perdre:

outré des trop iustes douleurs d'vne si lamentable & sensible perte, du premier abord trouuera ceste Exhortation non seulemẽt inutile, mais encore importune, & iniurieuse. Car exhorter vn fils à seruir son pere, n'est-ce pas supposer qu'il ne s'acquitte pas bien du seruice qu'il luy doit ? & presupposer cela, n'est-ce point luy faire vne iniure? Il n'y a point de doutte que quand quelqu'vn fait bien quelque chose, c'est vne parolle perdue, & fascheuse de luy dire qu'il la fasse; car cest presumer qu'il ne la fait pas. Voyla pourquoy persuader maintenant les François de seruir leur Roy, comme s'ils n'y estoient pas disposez d'eux-mesme, cela semble de prime face les offenser, & leur dire couuertement qu'ils ne sont pas bons seruiteurs de leur Maistre.

Il le semble, & le seroit à la verité, si c'estoit le mesme Maistre qui auoit accoustumé de nous commander ; mais helas! son âge ne peut pas souffrir qu'il le soit. Il est neantmoins de telle esperance, qu'on ne peut doutter qu'il ne se rapporte à la perfection de ceux qui l'ont mis au monde ; & cela peut bien aucunement alleger, mais non pas du tout guerir nostre mal qui surpasse certainement tout remede. Mais que peut faire maintenant vn pauure suiet blessé si mortellement en la playe de son Prince, qu'en déplorant vne si sanglante iournee (en laquelle nous auons souffert le bris d'vn si miserable naufrage) exhorter les autres d'en conseruer les cheres reliques, & reconnoistre en la personne du fils, les obligations que nous auõs à la memoire du pere?

Maudite, & funeste iournee en laquelle nous voyons la face de la France si triste, qui estoit hier si riante; en laquelle nous voyons la Reyne vefue, qui estoit hier courõnee; en laquelle nous voyons la Court en dueil, qui estoit hier en si grande ioye; & en laquelle ô mal-heur! nous voyõs mort vn Roy qui non seulement hier, mais auiourd'huy mesme vn moment deuant son trespas, faisoit trembler tout le monde. Maudite iournee encore vne fois en laquelle les François ont perdu leur Roy, la France son pere, l'Eglise son fils, la Noblesse son Maistre, le peuple son protecteur, & toute la terre son ornement. En laquelle le plus grand homme de l'vniuers a esté meurtri par le moindre, le meilleur par le piste, le plus honoré par le plus infame.

Toy deshonneur de la France, honte & scandale des siecles, furie execrable lasche des enfers pour commettre ce parricide, retourne dans ton abysme, ombre infernalle tousiours & tousiours maudite, que iamais ne puisses-tu ressortir des flames ou tu dois estre eternellement tourmentee, que pour receuoir le dernier iugement de ton espouuentable condemnation.

Et toy ma France, theatre rougissant d'vne si piteuse tragedie, seras-tu tousiours mere fertille des assasins? faut-il que l'Affrique te cede en Monstres? n'auras-tu iamais Roy qu'à condition de le perdre par le cousteau? ha! Dieu, quel aueuglement en vn Prince si clair-voyant & si sage, d'auoir veu porter vn pareil coup sur son deuancier, en auoit ressenti depuis vn autre sur sa personne, outre tant d'attentats esuitez qui estoient autant d'aduertissemens; & ne faire aucun proffit du mal-heur d'autruy, ny de celuy qu'il auoit souffert luy-mesme.

Le cousteau de Clement (helas! faut-il que ie renouuelle la memoire de ces pestes?) n'estoit pas à peine essuyé, que voicy rougir celuy de Chastel du sang de ce Prince; & celuy-la degoutoit encore, quand cest Arsacide a trempé le sien dans son propre cœur. Ha! traistre qu'as-tu fait! ô gardes ou estiez-vous! ô François à quoy songiez-vous! Cresus n'eust qu'vn fils, encore muët, qui voyant qu'on alloit frapper son pere, rompit le fillet de sa langue, & d'vne affection plus forte que la nature, s'escria qu'on sauuast le Roy. Et de tant de François indignes enfans d'vn tel pere, il ne s'en est peu trouuer vn seul qui se soit opposé ny de la voix, ny de la main à ce sacrilege attẽtat. Ce n'est pas qu'il n'en y ait encores cent mille qui voudroient auoir receu le coup dans leur propre sein; mais quãd Dieu nous veut perdre, il n'est pas au pouuoir des hommes de nous garder; & certes il faut dire qu'il le veut, puis qu'il nous a priuez de celuy qui nous conseruoit.

Anges tutelaires qui l'auiez en garde, puissant Demon qui l'auiez conduit en tant de batailles, & sorti victorieux de tant de dangers, pourquoy n'auez vous destourné ce coup comme les premiers ? l'auiez-vous assisté si fidellement iusques à present, pour l'abandonner en fin à la fureur de cest enragé ? Ha ! Dieu, qu'il faloit bien que le boisseau de nos iniquitez fut comblé, puis que vous auez foudroyé sur nous vn si puissant trait de vostre ire ! ha ! Seigneur, qu'il est bien priué de connoissance & de iugement, qui ne recognoist que c'est vn de vos iugemens, iustement donné contre nous pour l'excez de nos iniustices.

Pauure Prince ! pauures nous mesmes ! on nous auoit si souuent menacez d'vn coup du Ciel, le voila maintenãt esclaté sur nous, & sur toy. Qui ne l'a point dit, qui ne l'a point ouy, qui n'a point leu les tristes presages des Almanachs de ceste mal-heureuse annee, qui disoient en termes expres qu'ils te voyoient dõner vn coup mortel par derriere? Moy-mesme, infortunee & desastreuse Cassandre que ie suis, que n'ay-ie point escrit sur le coup de ton predecesseur, afin qu'il te seruist de mirouër, & de leçon, & que la consideration de sa mort, fust la conseruation de ta vie? Et tout cela n'a peu faire que ton braue courage ennemy de la deffiance, ta bonté trop accessible, & ta trop grande facilité, ne soient autant de cousteaux qui t'ont fait mourir.

Si ce grand Roy fust mort dans son lit d'vne mort naturelle & commune, c'est vne chose si ordinaire que peu de gens s'en estõneroient; si dans vne bataille, on s'en esmerueilleroit encore moins, car c'estoit là qu'il cherchoit la mort qui fuyoit alors deuant luy. Mais qu'il ait esté tué dans Paris, dedans son Carrosse, entre ses principaux seruiteurs, de deux coups de cousteau, & par vn pedant, c'est vn prodige si plein d'horreur qu'il n'y a creance qui le puisse receuoir. Il me semble que ie songe, ou que ie suis enchanté quand ie me represente ce spectacle, & que mes yeux pipez de quelque illusion se doiuent desabuser, pour me faire voir le contraire de ce qu'ils voyent.

Comment! vn si grand Monarque, la terreur & l'effroy du monde, qui sur l'appareil d'vne si grande guerre tenoit toute la Terre en crainte! estre passé dans le moment d'vn instant de ce monde en l'autre? & il n'y auoit qu'vn iour qu'il auoit fait couronner la Reyne! & le lendemain elle deuoit faire son entree dedans Paris en si grand triomphe! & il deuoit partir incontinent auec ceste armee qui menaçoit l'Vniuers de le mettre en poudre! ô combien de desseins rompus! que de fillets coupez auec celuy de sa vie! qu'vne petite Remore arreste maintenant vn grãd vaisseau!

Il estoit si vigoureux & si verd, il auoit tant d'amis & tant de moyens, tant d'hommes & de cheuaux, de canons & d'armes; & par dessus tout cela, tant de courage & tant de valeur, tant de iugement & de conduicte, tant de resolution & de prudence, tant d'experience & de promptitude: soit en la guerre soit en l'estat, au combat ou au conseil, qu'on n'eust sçeu discerner s'il estoit plus vaillant ou plus sage, plus politique ou plus martial, esgalemẽt fort & parfait en tous les sens qu'on le pouuoit prendre ; & tout cela n'a peu empescher qu'vn homme de rien, vn perdu, n'ait arresté ce grand & puissant, cest incomparable a qui les elemens faisoient place ; celuy duquel le seul nom faisoit trẽbler le grand Turc dans Constantinople, & donnoit la fieure aux plus reculez Potentats du monde.

Il auoit esuité le coup de Pierre Barriere à Melun, il destourna celuy d'vn fol à Paris qui est encores en vie, tant il estoit bon & clement qu'il ne voulut iamais permettre qu'on en fist aucune iustice. Tous ces coups donnez l'vn sur l'autre bien qu'à faux, auec celuy qui porta sur sa propre face, le deuoient bien faire songer à ceste derniere attainte: mais ceste ame trop genereuse ne peut iamais receuoir aucune sorte d'apprehension. Si est-ce que la veille de son trespas il eust quelque secret sentiment de son infortune, car il se leua deux ou trois fois contre sa coustume, se prosternãt dedans la ruele du lit, & priant Dieu ceste nuict comme s'il eust preueu qu'elle deuoit estre sa derniere. Le matin il fut supplié de ne sortir point, & aduerti que ce iour luy seroit funeste; dequoy il fit si peu de conte que sortant à prez disner pour aller à l'Arsenac, il desdaigna de prendre ses gardes. Vne heure auant que partir, il ne se pouuoit resoudre d'y aller, ou de demeurer, balançant entre le conseil de son bon Ange, & de son Destin, quoy qu'on ne l'eust auparauant iamais veu bransler en aucune incertitude. Certes Dieu nous vouloit punir en nous ostant vn si riche don, pour n'en auoir pas assez dignemẽt reconnu le prix: Mais au moins Seigneur, arrestez vous là, ne passez pas plus auant; nos fautes meritent bien plus de peine, mais nostre conditiõ n'est pas capable de la porter; permettez nous de le plaindre, & nous pardonnez, si nous le regrettons d'auẽture plus qu'il n'est permis de regretter les choses mortelles.

Vne chose nous console, François; c'est que sa vertu n'est pas morte, & qu'auec le bruit d'vne renommee immortelle, il nous laisse vn Successeur, qui naissant de ses cendres comme vn Phenix, & s'esleuant comme vn nouueau Soleil sur son Orient, promet dès à present à nos yeux d'essuyer leurs larmes. Que si, comme disoit autresfois Pōpee, plus de gens adorent le Leuant que le Couchant; il n'y a point de doutte que ce nouueau Soleil qui luit auiourd'huy sur l'horison de la France, ne soit vn iour salué & reconnu de plus de suiets, que celuy qui vient maintenant d'acheuer sa course.

Certes si par les fleurs on iuge des fruicts, il en jette desia de telles que si elles sont vne fois espanies, elles obscurciront l'esclat des plus parfaites beautez, & surpasseront les Lys mesmes de sa Couronne: Car il ne se peut rien imaginer de plus grand que les actions & les mouuemens de ce ieune Prince. Il me semble que ie vois en luy vn pourtrait raccourcy de toutes les vertus paternelles, qui promettent ie ne sçay quoy de plus en cest abregé, qu'elles n'auoient auparauant en leur estendue ; comme si faisant reuiure en luy les perfections de son pere, Dieu luy en auoit voulu donner encore d'autres toutes nouuelles, & inconnues au monde auant sa naissance. C'est vne chose admirable de luy voir eslancer en ceste premiere ieunesse, tant de puissans traits du vigoureux Genie qui l'accompagne. Il dit desia des choses qui rendent pueriles les plus beaux Apoftegmes qui soiēt dans Plutarque ; & auec vne grace qui renuoyeroit à l'escolle, & feroit cacher de honte tous ces hommes illustres dont il compare si bien les vies. Il semble que cela luy appartienne par succession comme le Royaume, car son pe-

re

re confondoit en vn moment les plus beaux esprits par la viuacité de ses reparties. Il est Prince actif, brusque, mouuant & courageux cõme luy, si agreable qu'on ne se lasseroit iamais de le régarder ; & si naturellement adroit en tout ce qu'il fait, qu'il semble que l'Art ne soit pas capable de luy pouuoir rien apprendre. D'vne beauté masle & qui sent son homme mesmes en son enfance; mais qui parmy les traicts de ceste virilité porte encore les marques d'vne Royalle grãdeur. Ce fut vne merueille qui consola bien ses suiets en ceste publique desolation, de le voir seant en sa Court des Pairs, assisté de la Royne sa mere, des Princes & officiers de sa Courõne ; parler auec tant de Maiesté qu'il sembloit que sa raison dementit son âge.

Il est esleué sous la Regence d'vne mere qui a bien fait voir en ce grand mal-heur, combien son courage estoit conforme à la grandeur de son Estat, & à la magnanimité de ses Ancestres ; & qui sortãt d'vne maison heureusement fatale à nous donner des Roynes, meres de grands & genereux Princes, ne sera pas moins heureuse au gouuernement de ce grand Empire, qu'en la productiõ d'vn tel Successeur. Princesse certainemẽt accomplie en toutes les parties & qualitez qui peuuent rẽdre parfaite vne grãde Reyne, & dont les heroyques vertus surpassent sans aucune proportion la fragilité de son sexe.

Il est encores secondé de deux ieunes freres qui comme deux fortes colõnes de son Estat, souſtiendront infatigablemēt la peſanteur de ſa charge. Il a trois belles Princeſſes ſes ſœurs, par le mariage deſquelles, il fortifiera d'auantage la ferme ſolidité de ſon ſceptre. Outre tant de grandes aliances du feu Roy ſon pere, duquel il ne faut qu'vn peu de cendre pour eſpouuanter tout ce qu'il pourroit auoir d'ennemis au monde. Il a vne redoutable armee en Campagne, auec tant de threſors pour l'entretenir, & tant de braues chefs pour la conduire, qui ſont comme autant de foudres preſts à s'eſlancer ſur tous ceux qui le voudroient deſeruir ; que ſi quelqu'vn l'auoit ſeulement penſé, ie ne di pas de ſes ſuiets, mais des eſtrangers, il ſeroit pluſtoſt eſcraſé du coup, qu'il n'en auroit entendu le bruit.

Et cependant ie ne sçay qu'elles gens nous viennent conter, que nos ennemis seront attendris par la cruauté de cest accident ; cõme si nous estions prests à crier mercy, & qu'il ne tint plus qu'à eux de nous faire grace ; cõme si les impressions de la crainte auoient tellement pressé le cœur de la France, qu'elle tendit desia les bras au beau premier qui la voudroit prendre. Voyez vn peu l'imprudẽce & la bassesse de ces courages. Ha ! que c'est mal cacher la foiblesse de ce grãd corps, s'il en y auoit ; comme au contraire, c'est mal reconnoistre celle de l'ennemy, qui par le miserable remede auquel il a recouru, descouure si laschement la vergongne de ses hontes ; son salut estoit reduit à la pointe d'vn meschant cousteau, duquel faillant à frapper le Roy, il s'alloit par desespoir enferrer luy-mesme.

Non non François, c'est bien autre chose, s'il se peut scauoir que ce coup nous ait esté lancé par le dessein de quelque ennemy, soit de l'Orient ou de l'Occident, du Septentrion ou du Midy; il faut tous mourir, hommes, femmes & petits enfans, ou reparer cest affront; & exterminer plustost nostre propre generation, que laisser aucune posterité qui puisse reprocher à nostre memoire, que nous auons honteusement dissimulé ceste iniure. Que si nous sommes si lasches d'endurer que l'on attente ainsi sur nos Princes, sans en faire sonner aussi tost la vengeance, que l'attẽtat c'est fait pour iamais du nom & de la gloire Françoise; il n'y a plus de François en France, ny de France au monde ; plus d'hommes, plus de Monarchie, ny de franchiſe. On dira que nous nous plaignons ſans oſer dire qui nous a batus; on tuera tous les iours nos Rois iuſques dans leur Louure, ſans que les plus exactes Gardes, nỹ les plus ſeueres ſupplices les puiſſent iamais conſeruer ; car la terre ne ceſſera iamais de porter des Aſſaſſins tant qu'elle portera de l'argent, ny nos ennemis de ſ'en ſeruir cõtre nous, tant que nous leur ſerons redoutables.

Que faut-il donc faire en ceſt accident ? vne exemplaire iuſtice de ce perdu ? Helas ! ouy ; & quãd il n'y auroit point de bourreaux, en ſeruir pluſtoſt nous meſme. Razer le lieu de ſa naiſſance, deſoler la terre qui la vomy, couper ses arbres, la semer de sel, & ne laisser aucune memoire de ses parens iustemẽt punis d'auoir produit vn tel Monstre. Mais quoy ; ce n'est que fouëtter les vestemens comme les Perses, & s'attacher à l'instrumẽt sans passer à la cause du mal; c'est cõme qui romproit le cousteau, & pardonneroit à celuy qui a fait le coup. Croyez-vous, qui le traitteroit ainsi qu'il se gardast d'en faire encore vn autre semblable, puis qu'entre les fortes aprrehensions d'vne horrible mort, il persiste encore en sa dãnable resolution ? Que pensez-vous doncques de celuy qui le luy a fait faire, sinon qu'en perdant cest instrument qu'il a voulu perdre ; le dommage qu'il en recoit est si petit & le proffit si grand, qu'il hazardera tousiours desſemblables pertes pour en retirer vn ſemblable gain?

Que faut-il donc faire encore vne fois? attendre que ce Dragon coupé par la queuë, retourne encore plus monſtrueux rougir noſtre Louure du ſang de France? ha! mourir, ou luy briſer pluſtoſt mille fois la teſte, deuant que reuoir vn ſi grand malheur; & tout tuer pluſtoſt pour venger l'outrage preſent, quand meſmes il n'en y auroit point d'autres à craindre pour l'aduenir.

Sire, de toutes les choſes du monde, la plus deteſtable eſt la trahiſon. Le feu Roy voſtre pere ſ'eſt veu la pluſpart de la Chreſtienté ſur les bras, qui ne l'a peu iamais arreſter; & le voyla maintenant qu'il alloit enclorre l'Vniuers dedans ſon Royaume, arreſté

arresté par vn traistre qui a bien fait voir, comme disoit sagement Auguste, qu'il n'y a rien qu'on doiue plus craindre que la resolution d'vn poltron; mais qui n'ayant aucun particulier mouuement qui le peut ietter de luymesme en ce desespoir, monstre bien aussi qu'il y doit auoir esté porté par d'autres ressorts.

Si cela se peut descouurir SIRE; & q̃ le regret d'vn tel pere pour qui tous vos suiets sont en pleurs, tous vos aliez en souspirs, & tous les gens de bien en gemissemens; ne vous puisse armer contre les autheurs de sa mort, la reputation de vostre France, & la seureté de vostre propre vie, le doiuent faire. Que la consideration de vostre bas âge n'arreste point vne si iuste guerre; vostre feu pere n'estoit guere plus grand que vous, quãd il commença de prendre les armes; on l'appeloit alors, luy & feu monsieur le Prince son cousin, les pages de l'Admiral. Qu'ẽ pensant asseurer vostre Estat, on ne hazarde point vostre vie. Il n'y va pas de moins, les exemples de vos Maieurs encore tous frais, & le sang de vostre pere encore tout chaud & fumãt, vous y doiuent faire penser.

De tant d'ennemis declarez que nous auons eus, nos Rois n'en ont iamais fait que rire; mais les couuerts nous ont tousiours fait pleurer. Il vaudroit mieux en auoir vn million en bataille tout deuant soy, qu'vn tout seul embusché derriere; & vaudroit mieux encore chercher vne honorable mort entre les dangers, au trauers des picques & des mosquets, tout couuert de poudre & de sang, que l'attendre tousiours en crainte entre les apprehensions & les trâses d'vn iuste soupçon.

Aussi SIRE, vostre Maiesté ne se sçauroit iamais tenir sur la deffiance ; ce n'est pas le propre des Rois de France de demeurer tousiours enfermez dans vn cabinet, sans prendre l'air qu'à trauers la ialousie d'vne fenestre, ny parler à leurs peuples que par le trou d'vne Sarbatane, ils ne sçauroient viure qu'à l'erte, tousiours en campagne, tousiours à cheual. Les combats leur sont plus aggreables, & moins nuysibles que les esbats; car ils meurẽt biẽ dedans les tournois, mais non pas dedans les batailles ; souuent dans leurs villes , & dans leurs chambres de mort violẽte, mais non pas en guerre que de maladie, ou mort naturelle. Peu d'autres Rois y meurent aussi, parce que peu d'autres y vont; mais les Rois de France la sont allé chercher en Afrique, l'ont portee au fonds de l'Asie, & sont retournez plusieurs fois vaincueurs & triõphans des extremitez du Leuant; sans que la mort les ait osé iamais attaquer que par les voyes ordinaires. Et ce n'est pas qu'ils ne se soient hazardez dedãs les perils, car iamais Princes ne s'y sont laissez plus genereusemẽt transporter; mais cest qu'ils ont esté tousiours inuincibles, & comme immortels alors qu'ils se sont tenus sur leurs gardes.

Mais quãd cela ne seroit point, SIRE, & que vostre Maiesté affranchie de peur & de mal, pourroit viure en toute asseurance hors de la portee des attentats. En quel mespris seroit auiourd'huy le sang de France si venerable par tout le monde, si lon pensoit qu'il ne s'osast point ressentir de celuy qui l'a si prodigieusement fait espandre ? De quoy se ressentiroit-il desormais, si cela ne le touchoit point ? & qu'elles iniures pourroit-il iamais reparer, s'il ne reparoit celle-là? Ne se dementiroit-il point soy-mesme, auec la voix publique de tout le monde, qui dit que iamais on ne s'est pris à luy sans s'en repentir ? & ne conuieroit-il point ses ennemis à continuer sur lui de semblables coups, s'ils voyoiẽt que la punition s'arrestast à la personne d'vn seul assasin ?

La mort de l'Escuyer de Merueilles cousta la vie de cent mille hommes, & fut cause que François premier esmeut vne guerre à Charles le quint, qui esbranla les fondemens de toute l'Europe. Et la mort du plus grand Roy qui fut sous le Ciel, se passera sous silence, sans bruit, sans ressentiment non plus que si c'estoit vn verre qu'on eust cassé? & la Posterité verra cette histoire? & nos Neueux y lirōt sans rougir l'impassibilité de leurs peres? & tant de Nations qui reuerent l'honneur du nom François, sçauront qu'il a souffert ceste honte? Que dirons-nous doncques à l'ombre de ce grand Prince, si comme celle d'Achilles entre les Grecs, elle nous reproche de n'auoir sacrifié ses ennemis sur sa tombe? Dirons-nous que cest à faute d'argent? la Bastille en est toute pleine. Est-ce à faute d'hommes?

la Frãce en regorge. Est-ce pour manquer d'alliez? iamais Roy du monde n'en fut si fort. Pour n'auoir point d'armes? iamais Arsenac ne s'en vid de telles. Qu'est-ce qu'il nous faut, que ce grand Roy ne nous l'ait laissé pour venger sa mort?

Ie sçay bien ce qu'il nous faudroit SIRE, huict ou dix ans d'auantage, & rien plus; & vous les eussiez bien eus au double, si ce mal-heureux n'eut si cruellemẽt preuenu la mort naturelle de vostre pere. Mais quoy; n'auons-nous iamais batu nos ennemis sous des Rois si jeunes que vous? Ce grand Sainct Louys vostre ayeul duquel vous portez le nom comme le Sceptre, ne succedat-il point en ce mesme Estat quasi en mesme âge que vous y succedez? laissat-il pour cela de chastier ses voysins, ny ses subiets rebelles; entreprendre depuis sur la Palestine & l'Egypte, & retourné en France, passer encore en Afrique? Si est-ce qu'il troua son Royaume troublé, qui graces à Dieu ne fut iamais si paisible; les Princes coniurez contre luy, qui ne conspirent auiourd'huy que vostre seruice; n'eust iamais son Estat si grand, ny le disme du reuenu que vous possedez. Pensez-vous SIRE, que ce braue Roy qui entreprenoit si gaillardemẽt des guerres si lointaines, & si separees de son interest; eust marchandé la vengeance d'vne si detestable coniuration?

Les exemples estrangers sembleroient ici faire tort aux nostres, qui sont si beaux, si riches, & si dignes d'estre imitez; mais i'en vois vn si rare, & qui fait si iustement à nostre propos, que ie ne luy puis refuser la place qu'il merite d'auoir icy. Philippe de Macedoine grand Capitaine, & grand Roy comme nous auons veu nostre Henry ; apres auoir conquis la Grece comme luy la France, est assassiné comme luy dans sa Capitale, en vne resiouyssance publique, & sur le point d'executer le plus grand dessein qu'il eust iamais entrepris. Le grãd Alexandre encores enfant, ainsi l'appelloit Demosthene, monta sur le throne de Philippe comme nostre Louys sur celuy de Henry ; mais il le sent trembler sous ses pieds, void Grecs, & barbares s'esleuer de tous costez contre luy, son conseil estonné luy conseiller de quitter les affaires de la Grece, & composer doucement les autres. Au contraire dit-il, si l'on me sent fleschir à ce premier coup, ie les auray tousiours sur les bras ; & suyuant ceste braue resolution, défait les barbares en vne grande bataille, court toute la Grece comme vn feu, entreprend de ruyner l'Empire des Perses (le plus grand qui fut lors au Monde) auec vne armee de trente mille hommes, & vn fonds de trente talens ; ne se veut point embarquer qu'il ne recompense, qu'il n'enrichisse ses seruiteurs ; donne tout excepté l'esperance qu'il retient pour luy toute seule : & apres auoir noyé la Terre cõme vn Deluge sanglãt de cent mille morts, n'est pas encore content si Iupiter mesme ne l'asseure par son oracle, que la mort de Philipe est vengee, & ses Manes entierement satisfaits.

Et vous SIRE, qui auez plus de Capitaines que luy de soldats, plus de millions que luy de talens, plus d'asseurance en vostre Estat, plus d'obeyssance en vos Peuples, plus de sagesse en vostre Conseil, & plus d'amour en vostre Noblesse que n'eust iamais Alexandre, ny tous les Rois de la terre ensemble; auec tant d'auantages, vous ne vous roidiriez point à l'execution d'vne si iuste vengeance; Au contraire vous fleschiriez en ceste premiere ardeur, vous conniueriez à la mort de vostre pere, & attendriez ici qu'vn pareil cousteau forgé peut estre sur mesme enclume, vous, allast faire conter la bas à ses tristes ombres, que pour auoir mesprisé de venger sa mort, vous auiez perdu vostre vie? Ha! que ie perde plustost les yeux deuant que le voir, que ie perde le sens deuant que le sentir, & plustost l'entendement deuant que l'entendre.

Cela me passionne & me fait mourir, quand en l'excez de ceste fieure, ceux qui s'estoient n'agueres armez pour des Allemãs, me viennent dire qu'il ne faut point parler de guerre pour la mort du Roy. Pourquoy donc François, pour vn pied de terre? pour Cleues, ou? pour Iuilliers qui ne nous appartiennẽt point? ha! que ie suis bien d'vn autre discours; ie n'ay iamais parlé de Naples, de Milan, ny de la Nauarre qui sont à nous, parce que ce sont des choses qui ne s'en võt point, nous les trouuerons tousiours-là. Mais ou trouuerons-nous vn tel Roy que celuy qu'on nous a maintenant fait perdre; & fait perdre si laschement ! car si c'estoit à la guerre qu'on l'eust tué dans la chaleur du combat, patience, les armes sont iournalieres ; cest la guerre ou le nombre surmõte quelquesfois la valeur. Mais l'auoir assassiné de sang froid, en pleine paix, deuant tout le monde, & ne demander point raison de cela ! ce seroit vne hõte la plus infame que sceust iamais flaistrir la reputation de la France.

Dauantage, nous ne regrettons iamais tant les pertes d'autruy, que les nostres propres; toutes ces pieces ont bien esté perdues pour nous, mais non pas par nous; elles ont esté prises sur nos peres auec quelque couleur de droit, au moins droit de guerre qui cõme disoit vn de nos Rois, eſt la plus ancienne loy & la plus vniuerſelle qui ſoit au monde ; la douleur en eſt ja paſſee. Mais ſi lon vouloit enjamber vn pas de terre ſur la frontiere, nous nous en remuerions bien autrement que nous ne faiſons de tous ces Royaumes. Et nous ne nous remueriõs point de la perte de nos Rois ? & qui n'entreprendroit libremẽt ſur leur vie, ſi elle eſtoit à meilleur marché que leur terre?

Encores auons nous quelque conſolation en ces choſes-la, qui nous rend aucunemẽt ſatisfaits. Ceſt qu'elles leur ont eſté ſi cherement vendues, qu'ils ne ſ'en peuuẽt gueres mocquer. Et nous ne leur ferions point ſentir encore plus cheremẽt la mort de nos Princes ? & ils ſ'en riroient inſolemment deuant nous à meſure que nous en pleurons, ſans que noſtre douleur irritee de leur mocquerie peuſt toucher le ſentimẽt de noſtre courage? ô Françoiſes, & non plus François, ſi cela nous pouuoit eſtre iamais reproché. Mais quel rapport, quelle proportion y peut-il auoir de la perte de ces pieces, à la perte d'vn Roy de France? & d'vn Roy de France comme celuy-là? & neantmoins qui ne ſçait que la moindre d'elles, à mis pluſieurs fois le ſang & le feu par toute la Chreſtienté?

Diſons donc encore vne fois, & ne ceſſons iamais de crier, que s'il ſe peut ſçauoir d'où nous viẽt le mal, car il faut baſtir touſiours ſur ce fondement, ou il faut l'arreſter à ſa ſource, ou attendre infalliblemẽt qu'il tombe ſur vous Sire. Accordons que tout le feu qu'on ſcauroit allumer, ny tout le sang qu'on sçauroit espandre ne recouurera pas nostre perte; mais ne concluõs pas que ce qui ne peut recouurer Héry, ne puisse au moins conseruer Louys. Si Cæsar asseura ses statues en releuant celles de Pompee; combien plus asseurerez vous vostre vie en vengeant sa mort, & rendant la iustice que vous deuez à tou , à vostre propre pere ? Vos affaires Sire, vous engagent à d'autres conseils, mais vous n'en sçauriez auoir de plus necessaires que ceux qui regardent vostre honneur, & vostre vie. Et pour ceux qui pourroient dire qu'en cecy l'on se passe bien du mien; il est vray que ie ne suis ny conseiller d'estat, ny digne de l'estre. Mais tout ver de terre, & pauure soldat que ie suis ; ie suis vne piece de cest Estat, & comme membre de de ce grand corps interessé en la perte de sa teste ; D'autant plus que i'ay tousiours preferé le bien public a mes affaires particulieres, l'honneur de mon pays au mië propre, & la vie de mes Rois à celle de mes parens, & de moymesme.

ARGVMENT.

Que les disgraces de l'Autheur le mettent en veüe : & que la Fortune n'attacquant rien de bas, n'en veut point à luy, mais à quelque chose de plus grand qu'elle veut combattre en sa personne. De la Poësie, & des fautes de la plus part de ceux qui s'en meslët. Que ce n'est pas vne grande loüange pour vn Gräd, d'estre excellent en petites choses. Que les iniures des fols sont plus supportables que leurs loüanges. Du respect que l'õ doit aux Princes. Des qualitez de la Reyne Marguerite. De la partien-

liere deuotion de l'Autheur en son endroit, & pourquoy.

A ELLE MESME.

Discours second.

ADAME,
Cõme il n'y a point de si grand mal-heur qui ne soit suiuy de quelque esperãce, i'ay tousiours allegé les miens de celle que i'auois mise en vostre bonté. Mais quand l'experience m'a fait voir qu'elle sembloit estre morte pour moy, & qu'au lieu d'elle viuoit vne mortelle disgrace dont ie n'auois pas tranché si tost vne teste qu'il en reuenoit plusieurs autres; alors cedant à la violence de ma fortune i'ay perdu tout espoir & tout desir de luy resister dauantage, & ma douleur sans remede ne semble m'auoir laissé la vie que pour en souffrir le ressentiment. Tel-

lement qu'il n'est pas merueille que i'aye demeuré si long temps esuanouy, mais que i'aye peu reuenir si tost d'vn si grand esuanouyssement ; car à grand peine me reconnois-ie encore viuant que pour sçauoir que les corps priuez d'ame ne sentent rien, & que le mien souffre des tourmẽs qui luy font enuier les morts.

Ie ne veux point empescher vostre ame d'vn si triste subiect que celuy de ma condition : ny m'arrester à fleschir le courage qui vous fait ioindre auec ma fortune, contre vn organe de vostre gloire. Car ie m'accuse moymesme de ma disgrace, & croy fermement qu'elle vient d'en haut, n'estant pas autrement possible que veu la grandeur & generosité de vostre courage, & la deuotion & fidelité du mien ; Ie ne vous eusse touché mille fois le cœur, si Dieu mesme ne l'eust endurcy contre moy. Mais ie croy aussi Madame, que quand il luy plaira de l'amollir, vous n'y resisterez point, car il tient le cœur des Rois en sa main, & les tourne comme il luy plaist. Voyla pourquoy i'espere qu'ayant fait ma paix auec luy, ie la feray tousiours auec vous; & verray le iour que vous me serez aussi fauorable, que vous m'auez esté quelquesfois contraire.

Ceux qui sçauent que ie me nourris de ceste esperãce, me reprochent que ie me pais de vent, comme s'il n'y auoit rien moins solide que l'espoir que lon fonde premierement en Dieu, & puis en ceux qui le representent, ou comme s'ils croyoyent qu'il fut impossible de s'asseurer en vostre fauœur. Ne souffrez point que lon vous fasse ceste iniure Madame, vous qui estes vne visue image de son Essence, & vne de celles qui se rapportent de plus pres à sa perfection ; car vous ne les sçauriez rendre plus veritables qu'en me laissant ainsi deffauorisé, ny leur donner vn plus grand sujet de dire qu'on ne peut fonder aucune esperance en vostre Maiesté, qu'en demolissant le fondement de celle que i'y ay mise.

Ie me ressouuien Madame, d'auoir autresfois eu recours à ceste bonté vrayement Royalle qui vous donne tant de gloire sur tous ceux qui l'ont iamais exercee ; & Dieu me soit tesmoin si la passion auec laquelle i'ay depuis recherché l'honneur de vostre seruice, ne procedoit plus du desir de reconnoistre vos biẽs-faits, que de l'esperance de les accroistre. Mais c'este deuotion au demeurãt tres-parfaite, eust'ce seul defaut de ne se sçauoir point expliquer; soit que l'admiration de vostre discours arrestast le mien, comme l'on dit de ceste pie au parauant babillarde qui deuint quelque tẽps muette apres auoir ouy les hymnes de la procession Romaine; ou qu'estimant mes paroles trop communes pour vne chose si rare, ie la pensasse mieux tesmoigner par le silence comme les Egyptiens leurs misteres par vn Crocodille sans langue. Pourquoy que ce soit, ma deuotiõ ne fut point receuë, parce qu'elle ne fut pas seulemẽt produite. Mais que ie l'aye tousiours religieusement conseruee, il m'est aussi facile de le mõstrer, comme il est impossibile de faire voir le contraire. Et c'est pourquoy Madame, ie suis fort estonné quand on me demãde qu'est-ce que i'ay fait à vostre Maiesté qu'elle ne me vueille voir, car à la verité c'est chose que ie ne scay pas, & ne pense point de vous auoir iamais fait offence qu'en vous honnorant imparfaitemẽt.

Il est bien vray Madame, que i'ay eu quelque pontille en vostre Maison, mais que le respect que i'y deuois garder n'y fut obserué, i'en prendray tousiours mes ennemis pour mes Iuges, estant si asseuré de mon innocence, que ie ne craindray point de l'exposer au iugement de leur passion. Que s'il faut neantmoins qu'ils me voyent tousiours du costé du vent; Et bien de par Dieu! mais que diray-ie à tãt de personnes qui scauent que ie n'eus iamais en la pẽsee que vostre seruice, en la memoire que vos vertus, ny en la bouche que vos loüanges? Quelle raison leur pourray-ie rendre de mon exil? leur diray ie que c'est pour n'auoir iamais cessé de vous honorer?

Madame, Il y a des flambeaux au Ciel qui ne paroissent iamais qu'en tombant, Encore que ie ne sois pas fort conneu, si est-ce que ceste disgrace me met en veüe, & fait esmerueiller le monde que ie l'aye peu rencontrer en vn suiet où tãt de Graces font leur seiour. Ie sçay bien que c'est mon malheur, mais ne permettez point qu'il triomphe en moy de vous mesme, & pardonnez plustost à celuy qui ne se pardonneroit iamais, s'il auoit esté si malheureux de vous offencer.

C'est vne supplication que ie vous fis autresfois, Madame, sur vn presque pareil subiect, & vostre generosité iamais en vain imploree que par moy seul, ny par moy qu'à cause de mõ malheur, me fit esperer que mon innocence pourroit trouuer de la grace, au lieu mesme ou les offences rencontrent de la douceur; ma priere ne pouuoit estre plus iuste, aussi la trouuastes-vous bonne, mais ma deuotion qui deuoit estre estimee encore meilleure, d'autãt plus que la cause est plus excellente que son effect, vous sembla neantmoins mauuaise; Et ie ne sçay comme il se peut faire que l'vne vous fut odieuse, & l'autre agreable; tant y a que ma mauuaise fortune vous fit preferer l'effect à la cause, & reietter ma deuotion en receuant ma priere. Ce n'estoit pas à moy qu'elle en vouloit, Madame, vne si superbe Dëesse qui n'attacqua iamais rien de bas, eust eu honte de ma défaite; mais c'estoit vostre vertu qu'elle vouloit & veut encore combattre cõme la plus auguste qui fut iamais, en l'empeschant de me vouloir du bien, & de m'en faire.

A la fin la fortune mesme toute ennemie, & toute aueugle qu'elle est, ne se peut empescher de voir la clarté de mon innocence; mais l'enuie ne me laissa gueres en cet estat, on m'embarrassa ie ne sçay pas comment auec vostre Poëte, des escrits duquel on vous dit que i'auois mauuaise opiniõ, comme, pour n'en mentir point, ie ne l'en ay pas encor meilleure: ie ne dy pas qu'il n'aye d'assez bonnes conceptions, & quelque bon mot, comme il se rencontre tousiours quelque bonne herbe dans vne botte de foin, mais au demeurant il extrauague quasi tousiours, & ne s'entend presque iamais. Et de ceste proposition s'ensuiuit ceste belle conference en laquelle pensant traitter doucement auec vn homme d'esprit, ie me vis enuironné de deux fols qui ne me firent estimer gueres sage moy-mesme de disputer auec eux. Ce qui me trompa, Madame, fut que ie ne croyois pas que vostre docteur s'en deut mesler; car ie sçauois desia la force de ses arguments, & ne pensois pas que vostre Poëte fut si fol que luy; mais ie monstre par viues raisons qu'il l'estoit encor d'autant plus que la ryme est releuee par dessus la prose. Vostre Majesté trouuera peut estre mauuais à moy qui fais profession de la modestie que ie l'appelle si librement par son nom; mais les choses publiques & notoires à tout le monde ne doiuent point estre flatees, & celle-la est si commune que s'il est tant soit peu connu, ce n'est seulement que par la reputation de sa folie.

Madame, ie diray s'il vous plaist vn mot de la forme qui fut tenue en ceste dispute, car elle est encore plus plaisante que le suiet. I'auois veu quelque vers de sa façon qu'on m'auoit monstrez pour les meilleurs qu'il eust iamais faits; & bien que ie n'en sceusse que les six premiers, & que ie ne les eusse appris que pour leur estrangeté, ie pensay que c'estoit assez de cet eschantillon pour faire connoistre la piece, & monstrer que le reste n'estoit gueres bon, puis que la monstre mesme n'en valoit rien, les vers estoit tels.

I'entens vn torrent precieux
Qui verse en terre tous les Cieux
Mais il fait bien d'autres merueilles
Car dedans ceste pluye d'or
Il emporte les Dieux encor
Si l'on en veut croire aux oreilles.

Ie disois au premier, Madame, que c'estoit improprement parlé de dire qu'il entendit vn torrent qui n'est point intelligible, & dont le bruit se rapporte seulement à l'ouye; & sur ce qu'on dit qu'ouyr & entendre estoiẽt mesme chose, ie monstrois la difference en ce qu'on peut ouyr l'Alleman & vne infinité d'autres choses qu'on ne peut entendre; d'où ie concluois que ce n'estoit point mesme chose puis qu'il y auoit de la difference.

Ce que ie diſois pluſtoſt pour taſter le pouls de ceſt homme fieureux, que pour ignorer qu'ils ſe prennent ſouuent l'vn pour l'autre. Ie diſois auſſi que ce mot precieux eſtoit impropre, & ne pouuoit conuenir à ſon torrent. Et quand au ſecond vers il eſtoit encore plus abſurde, car encore pourroit on dire que les cieux verſent vn torrent ſur la terre; mais qu'vn torrent verſe tous les cieux, il faudroit premierement qu'ils fuſſent dedans, & puis les verſer en terre, qui n'eſt qu'vn point, il faudroit que les cieux fuſſẽt encore moindres pour y trouuer place, & que la circonference fuſt plus petite que le centre, ou que le contenu fuſt plus grand que le contenãt, ce qui eſt impoſſible. Et ne ſert de rien d'alleguer qu'il veut dire quelque autre chose, car cest tousiours mal parler de dire vne chose pour vne autre; Et si pour vouloir bien dire on estoit estimé bien disant, vn chacun se rēdroit admirable, car vn chacun veut bien dire.

Mais il fait bien d'autres merueilles, dit il apres, car dedās ceste pluye d'or il emporte les Dieux encor. Ie demandois, ou les auoit-il donc oubliez en versant les cieux? Car ou ils estoyent aux cieux, & par consequent auoyēt esté versez auec eux; ou ils estoyent par tout, & par mesme consequence ils ne pouuoyent estre emportez. Mais plusieurs ne peuuent pas estre par tout, d'où s'ensuit qu'il faut que leur sejour soit aux cieux, & qu'en quel sens qu'ō le puisse prendre son torrēt n'ayt point fait d'autres merueilles, que de faire parler des gens qui ne ſcauent pas ce qu'ils diſent. Laiſſant à part que ſans exemple ny ſans raiſon il appelle les cieux vne pluye d'or contre l'hauto-rité de tous les hommes du monde, & fait vne autre faute au vers en ſa pluye d'or qu'vn pauure petit rimaſſeur luy corrigeroit. Puis ferme ſon ſizain par ceſte belle ſentence, ſi l'on en veut croire aux oreilles. Ie laiſſe à juger à tout homme d'entendement, ſi ce n'eſt pas vne belle fraſe, & de belle ſuitte de dire qu'vn torrent emporte les Dieux ſi l'on en veut croire aux oreilles.

Or à tout cela, Madame, voſtre Majeſté reſpondit pour luy, car s'il euſt mauuaiſe cauſe, il euſt pour le moins vn bon aduocat qui ne laiſſa pas de la bien deffendre. Mais quãd il s'en voulut meſler, il donna de ſi bonnes raiſons que ſon diſcours ne fit point de tort a ſes vers ; car ie ne parlay iamais d'vne choſe qu'il ne reſpondiſt d'vne autre, & ie ne penſe pas qu'il euſt ſceu mieux rencontrer au propos rompu, ny faire vn Cocalaſne de choſes plus eſloignees. Toutesfois encore dit il vn bon mot qui fut toute ſa deffence; ſcauoir, que ie ne pouuois accuſer ſes vers qu'en condemnant voſtre jugement qui les auoit aprouuez. Ce qui d'abord ne ſembleroit pas mal pris, ſi voſtre Majeſté les euſt aprouuez a bon eſcient, & non pas cõme ie luy dis à deſſein de faire voir la beauté de ſon eſprit en ſouſtenant vn mauuais parti; car qu'euſt-ce eſté de luy s'il ne vous euſt eu pour martaine ? Voyla pourquoy vous embraſſates tout du premier coup ſa protection.

Mais en cela, Madame, vous resſemblastés aux amoureux qui commencent en ſe ioüant, & s'égagent apres tout de bon; car cet homme preſomptueux s'il en fut iamais qui prend tout a ſon aduantage, croyant que les loüanges qui luy estoyent donnees, luy fuſſent deües, deuint ſi inſolent de ſe voir loüé d'vne telle Reyne, que ſans penſer à la courtoyſie qui vous eſt naturelle, il creut deſlors que c'eſtoit vn crime de n'admirer point ſes vers, & voulut perſuader à voſtre Majeſté de croire qu'elle y eſtoit offencee. Mais c'eſtoit vne grande foibleſſe à luy de s'imaginer qu'elle deuſt aporter vn iugemẽt ſerieux & digne d'elle, en vne choſe qui ne l'eſt pas, & dont le commencement & la fin ne tendoit qu'a rire: pauure homme, qui ne s'aduisoit pas que c'estoit vne comedie qui se iouoit à nos despens, ou pour mieux dire vne farce dont l'estois le badin :

Toutesfois, Madame, confessons luy que vostre Majesté eust à bon escient approuué ses vers. Est il impossible qu'elle y ait esté surprise ? le iugement n'y fut iamais entier, vous ne les auiés que ouys il les faloit auoir veus pour les bien iuger ; car il y a des charlatãs qui animent si bien vn vers qu'ils couurent la plus grãd part de ses fautes, & de c'este façon vn mesme vers peut estre trouué bõ & mauuais tout ensemble, selon qu'il sera diuersement pronõcé, comme l'on fit voir à Demosthene qui se plaignoit que des ignorans estoyent mieux escoutez que luy. Ce n'est donc point vostre iugement, mais vostre oreille

qui a esté deceüe par son action;
or cela ne conclud nullement
qu'on ne puisse accuser ses vers
d'ignorance sans en condamner
vostre Majesté, car les plus sça-
uans peuuent estre trompez cōme cela. Et il se trompe lourde-
ment de penser qu'elle en puisse
estre iamais accusee que par vn
homme comme luy, qui ne sca-
che pas ce qu'il dit; Mais moy
qui ay l'honneur de vous cōnoi-
stre depuis quinze ans, Madame,
pour la plus capable Princesse
du mōde, qui sçay que vous che-
rissez amoureusement les lettres
& particulierement la Poësie, cōme à la verité c'est vn dō du Ciel,
dont plusieurs grands Roys se
sont autresfois meslez, & dont
vous mesme vous estes heureusement aquitee; Ie suis aussi reculé
du soupçon de vous en pouuoir

iamais estimer, comme vous de celuy d'en pouuoir estre estimee.

Mais supposõs encore cela, Mame; Quand ie ne scauray pas si bien iouër du violon comme vn Menestrier; qui m'en blasmera? Aussi quand vostre Majesté ne scaura point tant en cest art cõme vn homme du mestier, qu'en aduiendra til? Quel defaut y a til en la priuation de ces choses la pour vne Reyne, où qu'elle perfectiõ en l'habitude! Est-ce vne partie de l'essence de la Royauté, ou la principale gloire d'vn Roy d'estre Poëte? s'ẽ est-il trouué quelqu'vn qui ayt esté blasmé de ne l'estre pas? Au contraire Alexandre fut repris de chanter trop biẽ; Et sans parler de si loin, l'Empereur seroit beaucoup plus venerable s'il estoit moins ingenieux. Voyla pourquoy fort à propos respondit Ismenias à Philippe qui vouloit faire le suffisant en sa profession ; Ia à Dieu ne plaise, SIRE, que vous sachiez cela mieux que moy. Parce que comme les grands doyuent sçauoir parfaictement toutes choses grandes, aussi le parfaict sçauoir des petites leur est reprochable; dautant que cela preuue contre eux que le temps qu'ils ont employé en la trop curieuse recerche de celle cy, leur a manqué en la parfaitte connoissance de celles la, que si c'este trop exquise science est mauuaise aux grands, il s'ensuit qu'vne moyẽne ignorãce en est bonne, & que ce n'est point offencer leur grandeur de les en accuser. Au contraire c'est inferer de là qu'ils ont esté si attentifs en l'apprentissage des choses hautes, qu'ils en ont dedaigné les basses ; & tout au rebours les louër d'vn sçauoir qui n'est point Royal, c'est les accuser de ne sçauoir point regner.

Mais il y a bien plus, Madame, qu'encore que la Poësie soit vn art heroïque; si est-ce que depuis que tels Poëtes sont entrez au parc des Muses, cōme des pourceaux dans vne vigne, les gens d'honneur s'en sont retirez, & n'y a si pauure soldat auiourd'hui viuant qui voulust estre appelé Poëte. Tellemēt que vous louër de cela, c'est vous honnorer d'vne qualité pour laquelle on est mesprisé, & vous donner vne louange que les plus petits reiettent comme vne iniure, la ou il se peut dire auec verité & sans aucun soupçon de flaterie, qu'en extractiō vous estes la plus grāde

Reyne qui fut iamais, & qu'en merite vous estes encore plus grãde qu'en extraction. Que tãt de Rois dont vous descendez n'estoient que diuers essais de Nature sur lesquels elle vouloit former vos perfections, pour assembler ces grãdes parties qu'elle leur auoit dispersees. Que de la vient qu'on void encore en vous seule toutes les qualitez qu'ils eurent ensemble; & mille autres semblables louãges qu'on doit iustement à vostre merite, car difficilement pourroit-on trouuer vn autre suiet au monde plus digne d'estre loué. Mais quitter ce beau chant pour vous louër, de faire vn bon iugement sur vn meschant vers, c'est iniurier vostre Majesté; & monstrer qu'il n'y a pas beaucoup de choses à dire sur le principal, en insiſtant ſur ceſt acceſſoire. D'où ie concl us, Madame, que voſtre Poëte n'entend rien à vous honnorer; & que quand il y entendroit quelque choſe, les hõneurs des fols ſont touſiours ſuſpects, & leurs iniures plus ſupportables que leurs louanges. D'autant que c'eſt vne gloire de ſupporter doucement leur folie, mais c'eſt vne honte d'eſtre loué des perſõnes à qui on ne voudroit point reſſembler, car ces gens-la ſont comme certaines familles d'Afrique qui font mourir les enfans, les animaux, & les arbres meſmes en les loüant.

Or ceſte belle diſpute acheuee, ou pour le moins interrompue; voſtre Majeſté me commanda de faire des vers, que ie vous enuoyai quelques iours apres de Fontainebleau, auec vne lettre qui a demeuré depuis és mains de mes amis ſãs vous eſtre preſẽtee.

Ie vous les euſſe biẽ peu dõner moy-meſme depuis le temps, ſi ie n'euſſe craint la rencontre d'vne pareille diſpute ; mais n'aymant point à ſouffrir des inſolences, & ne prenant point plaiſir d'ẽ faire, ie voudrois diſputer plus doucement auec la langue, ou plus rudement auec les mains; & ce ſont des gens auec leſquels on ne peut faire ny l'vn ny l'autre.

Ie vous diſois par ma lettre, Madame, que ie ne me ſouciois pas beaucoup de ſes paroles, parce que ie ne luy veux pas apprendre à parler autrement qu'il ne ſcait, & me contente d'auoir teſmoigné plus de diſcretion en ma patience, qu'il ne monſtra d'inſolence en ſon crime; mais que i'eſtois marry que voſtre reſpect y fuſt offenſé, qui en la choſe du mõde dont ie suis le plus ialoux. Que s'il eust parlé deuant vn iuge de village, son parler eust esté suyui de sa peine, seulemẽt pour la reuerence du Magistrat; qui n'est que l'image du Prince. Qu'estant esleuee au dessus des Princes autant qu'ils le sont sur les Magistrats, il s'ensuyt que le respect qu'on vous doit est d'autant plus grand que vous estes plus esleuée, & le mépris d'autant plus criminel que le respect est plus grand. Que cela redoubloit l'estonnement que i'auois que vostre Majesté luy eust permis des parolles autant indignes d'elle, qu'elles estoyent dignes de son impudence; Encore que pour son regard ie n'en trouuasse point la façon nouuelle, sachant bien que c'est l'ordinaire de tous ceux qui disputent vne mauuaiſe cauſe : Et qu'eſtant d'ailleurs heretique & l'hereſie touſiours accompagnee d'ignorance & de preſomption, il ne pouuoit fallir d'eſtre auſſi preſomptueux, comme il eſtoit ignorant.

Ie vous repreſentois que i'auois veu d'autres conferences tres-impertinentes, mais non pas iamais pareilles à ceſte impertinẽce; parce qu'en celles-la on n'auoit recours aux iniures qu'apres que les raiſons auoient failly, & en ceſte-cy on commença par les iniures ſans venir iamais aux raiſons. Que ie meſmerueillois que voſtre Majeſté l'euſt pris d'entree en ſa protection, d'autant que ſi vous le iugiez plus foible, ie deuois auoir gagné; & ſi vous l'eſtimiez plus fort, voſtre protection luy eſtoit inutile. Mais que i'en receus deux notables griefs, en ce que parce moyen vostre Majesté ferma la bouche aux assistans, qui pour ne vous contrarier laisserent couler doucement ses fautes; & parce qu'en vous declarant partie, vous demeurastes encore juge.

Au surplus, Madame, depeur qu'il ne semblast que ie le trouuasse mauuais pour me faire trouuer bon, afin qu'en le deplaçant ie me sutrogeasse en son lieu, ie supplioîs treshumblemẽt vostre Majesté de croire que i'auois bien encore le mesme desir que i'auois tousiours eu de vous seruir, mais non pas en la place d'vn homme tant inutile que celuy-la. Que c'estoit ce que i'auois voulu protester à l'entree de ceste dispute, s'il m'en eust donné le moyen; que i'y entrois à regret pour vostre plaisir seulement, &

pour tenir le marché qui en auoit esté fait en mon absence, & à mon desceu par des personnes que ie ne pouuois desdire. Que i'auois tousiours desiré l'hõneur de vostre seruice, mais non pas qu'en m'y auançant i'en voulusse reculer autruy; & moins encore les gens de lettres que i'auois tousiours honorees au fait des Armes. Neaumoins qu'ayant plus practiqué l'vn que l'autre, & plus ambitieusement recherché les lauriers de Mars que ceux des Muses; ie suppliois vostre Majesté de m'excuser si ie n'auois pas attaint la perfection d'vne science à laquelle ie n'auois pas droitement visé. Mais comme les folles de Thrace à l'entour d'Orphee, voyant leurs coups retenus en l'air par la douceur de sa lyre, empeschent l'effect de son harmonie par la force de leurs cris; de mesme ces deux fols se voyans arrestez par mes raisons, menerent tant de bruit qu'elles ne furent point entendues.

Or d'autant, Madame, que tout leur bruit ne me fait ny mal, ny peur, & qu'ils ne dirent rien dont vostre Majesté ne sçache bien le contraire, auant mesme que m'auoir veu; ie ne m'y arrestois pas d'auantage, & me fusse contenté de leur tesmoigner par mon silence, qu'ils sont plus dignes de mon mespris, que de ma responce. Mais parce que i'ay sçeu depuis que vostre majesté se plaint encore d'auoir esté deseruie en vne place que i'ay tenue autrefois; Ie la supplie tres-humblement de me pardonner si ie luy fais voir qu'elle à aussi peu de suject de se plaindre de moy, compour tenir le marché qui en auoit eſté fait en mon abſence, & à mon deſceu par des perſonnes que ie ne pouuois deſdire. Que i'auois touſiours deſiré l'hõneur de voſtre ſeruice, mais non pas qu'en m'y auançant i'en vouluſſe reculer autruy, & moins encore les gens de lettres que i'auois touſiours honorees au fait des Armes. Neaumoins qu'ayant plus practiqué l'vn que l'autre, & plus ambitieuſement recherché les lauriers de Mars que ceux des Muſes; ie ſupplioïs voſtre Majeſté de m'excuſer ſi ie n'auois pas attaint la perfection d'vne ſcience à laquelle ie n'auois pas droitement viſé. Mais comme les folles de Thrace à l'entour d'Orphee, voyant leurs coups retenus en l'air par la douceur de ſa lyre, empeſchent l'effect de ſon harmonie par la force de leurs cris; de mesme ces deux fols se voyans arrestez par mes raisons, menerent tant de bruit qu'elles ne furent point entendues.

Or d'autant, Madame, que tout leur bruit ne me fait ny mal, ny peur, & qu'ils ne dirent rien dont vostre Majesté ne sçache bien le contraire, auant mesme que m'auoir veu; ie ne m'y arrestois pas d'auantage, & me fusse contenté de leur tesmoigner par mon silence, qu'ils sont plus dignes de mon mespris, que de ma response. Mais parce que i'ay sçeu depuis que vostre majesté se plaint encore d'auoir esté deseruie en vne place que i'ay tenue autrefois; Ie la supplie tres-humblement de me pardonner si ie luy fais voir qu'elle à aussi peu de suject de se plaindre de moy, comme ie peurrois auoir de iustes raisons de me plaindre d'elle.

Non seulement en ceste occasion, Madame, en laquelle vous auez porté contre vn ancien seruiteur, les passions d'vn homme estourdi qui ne me pouuoit estre opposé que par Antithese, & dõt les meilleures qualitez sont encore pires que mes plus mauuaises, mais encore en celle-la mesme de laquelle vous vous plaignez.

Car il est bien vray, Madame, que ie vous demanday l'estat de Capitaine de ceste place, & que me voyant amuser cependant que la Bressure s'en alloit saisir, ie fus marry d'y auoir hazardé plusieurs fois ma vie pour la prẽdre, & pour la garder, couru l'estat, & porté la nouuelle de sa vacance afin qu'vn autre en fust pourueu.

pourueu. Mais de vous l'auoit voulu faire perdre, c'est chose que ie ne veux point que Dieu me pardõne, si ie l'ay iamais seulement pensée.

Au contraire ayant trouué la Bressure qui se morfondoit deuant, sans que personne le voulust ny receuoir, ny connoistre, ie fus le premier au Cõseil assemblé la dessus qui fus d'aduis de le receuoir, & qui le receus, luy monstrant les reparations que i'y auois faites, comme seul de tous ceux qui l'ont iamais tenuë qui me suis employé à la reparer, ou tous les autres se sont occupez à la destruire. Et bien qu'il en fit apres vn rapport contraire, si est-ce Madame, que les actes du Cõseil que i'en fis voir à vostre Majesté dans Vsson, & tout le pays, est plus croyable pour le moins qu'vn particulier.

Quant à l'estat de Viguier que mon pere m'auoit voulu auparauant acheter du sieur de Saintegeme; vostre Majesté sçait bien qu'elle trencha le cours du marché par la promesse qu'elle m'en fit, & le donna puis apres au sieur d'Arribat auant que ie sceusse qu'il fut à donner; tellement qu'au lieu que ie pensois auoir l'estat & l'argent, ie n'euz rien du tout, qu'vne seconde promesse d'en estre recompensé sur le premier vaccant que i'attens encore.

I'ay fait tout ce discours Madame, pour vous monstrer que c'est sans sujet que l'on dit que vostre Majesté se plaint de moy, & qu'ayant tant de raison de me plaindre d'elle, ie n'en ay souspiré iamais vne seule plainte. Qu'il y a du mal-heur & non de ma faute en mes affaires, comme vous me dites vne fois sur ce mesme fait, que i'accusasse ma Fortune de leur mauuais succez, & nō point vostre MAIESTÉ. Ie vous dis alors, MADAME, qu'ayant la faueur de l'vne, ie mespriserois tousiours l'autre ; & comme si la Fortune l'eut entēdu, elle n'a cessé depuis de me destourner vostre bienvueillance. C'est ce que ie vous ay d'autresfois escrit, qu'en ma défaite elle vouloit triompher de vostre gloire & l'enseuelir en ma ruyne, ne visant pas tant à ma perte, comme à vous oster l'honneur de ma conseruation. Souuenez-vous en, MADAME, sinon pour mon interest, au moins pour le vostre ; il offense le maistre qui frappe le seruiteur, vous ne sçauriez empescher que ie ne sois point de vos domestiques, mais non pas iamais de vos seruiteurs ny de vos sujets.

Que s'il faut qu'apres tant de maux, apres auoir employé toute ma vigueur, & desployé toutes mes forces pour resister à la cruauté de ma fortune, ie sois contraint de ceder en fin à sa violence, & luy quitter le champ & & les armes que i'auois prises contr-elle soubs l'asseurance de vostre faueur ; i'acquerray pour le moins ceste louäge en ma perte d'auoir plustost failli de vie, que de courage, & n'estre mort en ce lit d'honneur que pour le rendre tousiours viuant. Mais vostre Majesté n'accroistra point sa reputation pour me laisser perdre, apres m'auoir veu rendre tãt de deuoir en vn combat que i'auois entrepris pour vostre seruice. On dira que c'est vne creature que la fortune vous oste, vn trophee qu'elle dresse de sa victoire sur vostre vertu qui n'est pas si forte que mon mal-heur, que c'est moy qui auray esté defait, mais que c'est vostre Majesté qui aura esté vaincue.

C'est ce que vous deuez empescher, Madame, & que vous pouuez, & que ie vous supplie tres-humblement de faire, par ceste mesme vertu, puis qu'on ne vous peut prier par aucune chose qui aye tant de pouuoir sur vous qu'elle mesme. Ressouuenez-vous de la generosité de vos deuanciers qui excede toute mesure, ou plustost de la vostre qui excede encore la leur. Encore faites vous tous les iours du bien à vos ennemis, & encore ne suis-ie pas si mal-heureux de le pouuoir estre. Au contraire ie ne suis hay que pour auoir trop aimé vostre seruice.

Ie suis d'ailleurs d'vne tige qui a produit depuis trois cens ans des seruiteurs tres-fidelles à vos Ayeulx ; i'ay encore vn pere duquel vostre Majesté tesmoigne tous les iours la bonté, encore qu'elle ne le cognoisse que par le rapport de ses ennemis qui sont contraints de porter par tout vn tesmoignage irreprochable de sa vertu, sur tout il a marqué sa fidelité d'vne constance admirable, m'a nourry en ceste rare affection qu'il porte à vostre seruice, me la faite succer auec le lait, & m'en a donné des impressions si parfaites & si fortes, qu'il est impossible de les effacer ; & de là naist ceste puissante ambition que i'ay de vous seruir, qui s'est formée aux discours que ie luy ay tousiours ouy faire de la gloire de vos majeurs, & de la vostre.

Ne permettez point maintenant, Madame, qu'apres auoir quitté son seruice pour en venir rendre à vostre Majesté, & paroistre deuant elle sans gages & sans moyens plus que tel qui estoit payé pour cela; ie m'en retourne auec ceste honte de n'en auoir point esté trouué digne. Ne soyez point cause que mes parens qui prient Dieu continuellemēt pour vostre prosperité, meurent du regret de mes infortunes en maudissant l'heure que i'eus premierement l'honneur de vous voir. Ne souffrez point que ceux qui ferōt l'histoire de vostre vie, y marquent celle de ma mort cōme vn tesmoignage de vostre rigueur. Au contraire faites voir que ie me suis peu tromper en toute autre chose fors en l'opinion que i'ay tousiours euë de vostre bonté; & croyez que vous ne le pourrez iamais estre en celle que vous deuez auoir de la treshumble subiection & fidelité que vous doit

MADAME

Vostre treshumble & tres-fidelle seruiteur & subiect.

PIECES AMOVREVSES, ET MORALES.

ARGVMENT.

Que les grandes douleurs estonnent les sens, & les empeschent mesmes de les ressentir. Pourquoy nous pleurons plustost la mort de nos amis, que la nostre. Exemples à ce propos. Que ceux-la se trompent qui pensent monstrer la confusion de leur ame par l'ordre d'vn beau discours. Qu'il faut honnorer vne belle plume, & encore plus vne bonne espée. Que c'est inhumanité de desirer la perte d'autruy sans aucun sujet, & principalement d'vn amy. Que les Dames qui se rendent auares de leurs faueurs enuers ceux qui les meritent, sont apres contraintes d'en estre prodigues enuers ceux qui en sont indignes.

A SA MAISTRESSE.

Discours troisiesme.

E n'eus iamais tant d'enuie ny si peu de moyen d'escrire que ie m'en voy; autresfois l'esperance que i'auois d'exprimer mes conceptions me mit la main à la plume, mais à present le desespoir d'en pouuoir expliquer la moindre partie me l'en arrache. I'apprens tous les iours que les moyẽnes douleurs peuuẽt estre souspirees, mais que les grandes estonnent les sens, & les empeschent mesmes de les gouster. C'est pourquoy l'on ressent d'auantage vn grand coup long temps apres l'auoir receu, qu'à l'heure mesme qu'on le reçoit; & que nos playes nous font moins de mal alors qu'on les fait, qu'alors qu'on les pense. I'estime aussi que c'est vne raison pour laquelle nous pleurons plustost la perte de nos amis que la nostre, encore que nous plaigniõs plus la nostre que celle de nos amis; parce que le ressentiment de celle-la se peut tesmoigner par les pleurs, & que celle-cy surpasse toutes les plaintes qu'on en sçauroit faire. De là les exemples d'Hoſeule & de Psammeticq, dont l'vne apres auoir ietté de grāds cris en la perte de ses premiers enfans, se teut en celle du dernier, en la vie duquel elle esperoit la vengeance de la mort des autres ; & l'autre apres auoir veu conduire ses amis au supplice auec vne contenance pleine de gemissemens & de larmes, y vid mener son propre fils d'vn œil sec, la bouche muëte, & le corps tellement immobile qu'il sembloit plus tenir de l'insensibilité que de la constance. Ie m'esgare ici mal à propos en recherchant en autruy ce que ie trouue si veritablemēt en moy-mesme; mais cest esgaremēt est encore vn tesmoignage de ma douleur. Vn malade ne peut mieux monstrer sa fieure que par le mouuement des-reiglé de son pouls, ny moy tesmoigner ma passion que par le desreiglement de mes paroles. Ceux-là se trompent à mon aduis qui pensent monstrer la confusion de leur ame par l'ordre d'vn beau discours, qui ne peut sortir que d'vn esprit sain & tranquille, & non pas d'vne ame malade & agitee comme la mienne. Ou bien ils cherchent de la gloire en leurs raisons; & i'en cherche tout au rebours en mes passions; mes foiblesses, & mes resueries sont les choses que ie desire plus de vous faire voir, encore que ie sçache bien que vous vous en mocquerez; car c'est ainsi que vous auez accoustumé de reconnoistre les honneurs & les seruices que ie vous rends. Encore auez vous le courage de me demander quels seruices ie vous ay faits, & de me dire que mes reproches m'ē desrobent la gloire; combien qu'il s'en faut tant que i'aye iamais pē-sé de vous les reprocher, que mesme vous ne les sçauez pas; & à peine les ay-ie iamais osé dire à personne qui vous les peust rapporter, qui est bien esloigné de vous les reprocher moy-mesme. Ie vous ay bien dit quelque chose du mal que vous m'auez fait, mais non pas iamais rien du bien que ie vous en ay rendu, sçachāt bien que les seruices que l'on reproche sont reconnus; & estant d'ailleurs aussi tardif à reciter les choses que i'ay bien faites, comme ie suis prompt à les faire. Il est vray que d'errer en raison auecques vous, c'est desia tesmoigner que i'en suis sorty ; mais encore faut-il monstrer qu'il m'en reste quelque peu, pour faire voir que vous n'en auez point du tout. Laissons à part mes seruices, le temps qui comme la mer ne peut rien tenir dedans qu'il ne rejette dehors, ou tost ou tard, les mettra tellement au iour que vous n'en pourrez fuyr l'euidence. Et voyons cependant si depuis que vous me dedaignez, i'ay iamais eu mouuement, respiration ny pensee qui ne tẽdist à vous honnorer ; si i'ay iamais songé qu'à contenter vos humeurs, preuenir vos desirs, renõcer à mes volontez pour me conformer à la vostre, & me renier moy-mesme pour suyure vostre creance. Si tout sanglant & tout diffamé des iniures que vous me faites, i'ay respiré iamais que vostre seruice, souspiré que vos honneurs, honnoré que vos vertus, chanté que vos louanges, exalté que vos merites, ny rien admiré que vos perfections; & si en les admirãt ie ne me suis fait admirer moy-mesme, & transi d'estonnement tout le monde par le recit de vos qualitez. Si mon obeyssance s'est iamais separee de ma seruitude, & s'il y a chose au monde de celles qui me peuuent estre plus contraires, que ie n'aye point faite lors que vous me l'auez commãdee; ou si i'en ay fait quelqu'vne de celles qui me sont plus agreables, lors que vous me l'auez defendue. Et pour me recompenser de cela, voyez s'il y a sorte de desplaisir que vous n'ayez essayé de me rendre. Mais ce mot est trop foible pour exprimer des affronts qui m'eussent fait hazarder mille fois la vie pour les venger sur tout autre qui les eust osé seulemẽt penser. Car quels supplices peut-on imaginer pour le chastiment de la plus criminelle ame du monde, que vous ne les ayez exercez sur mon innocence? Si le mespris est le plus cruel tourment des cœurs genereux, quels nouueaux desdains n'auez vous point inuentez pour me tourmenter? I'ay honte d'estre viuant apres auoir enduré les indignitez que vous m'auez fait souffrir. Vous m'auez fait connoistre qu'entre les plus miserables conquestes dont ie vous ay si souuent ouy plaindre, ie suis vne de celles qui vous apporte plus de regret de l'auoir faite. Vous ne me l'auez pas dit, mais vous me l'auez biẽ fait voir quãd vous m'auez refusé les alliances que vous auez accordees à tous les autres. Vous m'auez defendu trois ou quatre fois deuant tout le monde de prendre la qualité de vostre seruiteur encore que ie le sois, & m'auez donné celle de Poëte encore que ie ne le sois pas, au moins que pour vostre seruice; car vous m'auez fait faire par obeyssance, ce que i'auois iuré par raison de ne faire point, & le guerdō de vous auoir obey contre mon serment, a esté ceste belle qualité. Vous auez eu honte d'auoir presté l'oreille aux parolles que vous m'auiez commandé de faire, & de dire; & auez fauorisé l'ignorance pour rendre le sçauoir hōteux & preiudiciable à celuy qui le practiquoit en vostre seruice. Vous a-uez tourné en risee ce dont vous

m'auiez pressé tout de bõ, & m'a-
uez reproché les mesmes folies
que vous m'auiez fait commettre. Vous auez fait pis encore
que tout cela, car apres m'auoir
appelé d'vn nom iniurieux, vous
auez adiousté que ie n'en auois
que les pires qualitez. Or ie ne
veux point produire d'autres tesmoins pour verifier si ie tiens des
defauts, ou des perfections de
ces gens-la, que les propres vers
que vous m'auez commandez.
Mais cõme ce sõt des choses que
ie ne mesprise point, aussi ne les
estime ie pas tãt que i'en vueille
tirer ma gloire; car elle consiste
plus en mes actions qu'en mes escrits, & plus en vostre seruice
qu'en toutes mes autres actions.
I'honnore fort vne belle plume
qui sçait arrester les aisles du
temps, & malgré la mort rendre

vne renommee tousiours viuante. Mais la droite inclination de mon naturel, & la condition en laquelle Dieu m'a fait naistre, me fait preferer vne bonne espee. Ie ne dispute point l'aduantage des Armes sur les Lettres, ni des Lettres sur les Armes; ie parle de mõ humeur qui m'a fait perdre plus de sang pour chercher la reputation de Caualier, que ie n'ay iamais consommé d'encre pour m'acquerir celle d'escriuain : & me transporte encore tellement en ce mesme instant, que ie ne m'aduise pas qu'au lieu de faire icy l'amoureux, ie fay le soldat auecques vous, & vous donne plus de sujet de rire de ceste prose, que vous n'en auez iamais eu de mes vers. Ie ne sçay comment ie suis tombé sur ce propos, car ie ne serois pas trop mal, si ie sçauois ce que ie fay ; mais tant y a qu'il me chatouille en quelque façon, & ſuis bien aiſe de l'auoir changé auec le precedent. Vous me permettez ſ'il vous plaiſt de le ſuyure encore d'vn mot ; car ie vous veux aſſeurer que ie n'ay point donné tant de traits de plume pour voſtre louange ; que ie ne dõne encore plus de coups d'eſpee pour voſtre ſeruice ; & veux n'emporter iamais ſi ie ne vous en fay voir autant de preuues, comme vous en ſçauriez auoir de deſirs. Mais apres cela, ne tournez point cõtre moy le meſme fer que ie porte pour vous ; ne faites point mourir vne creature qui ne vid que pour voſtre gloire. Vous ne perdrez rien à me laiſſer viure, mais vous gaignerez encore moins en ma mort. Dieu vueille qu'elle ne vous apporte point de regret, & que le souuenir de mes passions vous puisse flescir à quelque pitié, deuant que le ressentiment de vostre mespris me iette en ce desespoir. Encores seriez vous marrie d'en estre cause, car vous n'auez point l'ame si mauuaise de desirer sans aucun sujet la perte d'vne autre, quand mesmes elle ne seroit point vostre comme la mienne. Aussi n'auez vous pas succé la mamelle d'vne louue qui vous aye donné du sang pour du laict, & vous aye communiqué ses qualitez auec la nourriture. Vous n'auez pas vescu dans vne cauerne de la mouële des lions ou des ours, ou de chair crue & sanglante comme les sauuages pour rendre plus cruelle leur naturelle ferocité. Vous n'estes pas extraicte d'vne roche pour estre endurcie comme elle, & ne vous esmouuoir point, ny des vagues de la mer, ny des tremblemens de la terre, ny des tourbillons de l'air, ny des tonnerres du Ciel. Au cõtraire vostre douceur exterieure porte en soy les marques d'vne generosité pleine de clemence. Et comment seroit-il possible que celle qui se laissa toucher autresfois aux attaintes d'vne ame infidelle, feust maintenãt insensible aux traicts d'vne si grande fidelité? Que s'il faut neantmoins que pour vostre seul plaisir ie sois miserable, ie le veux estre; & bien que ie ne puisse souffrir qu'vne seule mort, ie suis prest pour vostre contentement d'esprouuer la rigueur de toutes. Mais d'autant belle, que cela ne conuient point à vostre douceur, il ne se peut accorder auec ma creance, qui a vne telle presomption de vostre bonté que quand mesmes vn iuste courroux vous animeroit à chercher ma perte, i'estime que ce seroit tousiours auec apprehẽsion de la rencontrer. Ne trompez point la bonne opinioń que i'ay de vostre courage, & ne refusez point à mon innocence le pardon que vous ottroyeriez à mes fautes, si i'en auois iamais faictes. Que si d'aduenture i'en ay commise quelqu'vne, ie vous supplie, non pas de me la pardonner puis que ie ne me la pardonnerois pas moy-mesme; mais au moins de me la faire connoistre, afin que ie la laue de mon sang si ce n'est assez de mes larmes, & perde la vie pour acquerir vostre grace; puis que ma vie ne m'est pas si necessaire à moy-mesme, comme vostre grace l'est à ma vie. Mais donnez-moy des raisons par lesquelles en m'accusant moy-mesme ie puisse iustifier vostre cruauté. Faites moy mourir en sorte que vostre reputation n'y soit point blessee, & vengez vous tellement de moy que vous ne vous fassiez point de tort à vous mesme. Car vostre mespris ne m'est insupportable qu'entāt que vous y estes offensee, & que la honte du seruiteur rejalit ordinairemēt sur l'honneur du maistre. Il est vray belle, que si iustice estoit faite, ie serois moins digne de vos desdains, que de vos faueurs. Que si des choses si precieuses se doiuēt reseruer à quelqu'vn qui les sçache estimer; souuenez-vous qu'il n'y a homme au monde qui aye vne plus parfaite connoissance de leur valeur, qui puisse

puiſſe plus auoir ſouffert pour les meriter, ny qui les puiſſe tant cherir que celuy qui les a ſi cherement achetees; & que les belles qui ſ'en rendent auares enuers ceux qui les meritent, ſont apres contraintes, & comme deſtinees d'en eſtre prodigues à l'endroit de ceux qui en ſont indignes; leſquels les meſpriſent incontinent pour n'en ſçauoir pas le pris, & ſe mocquent de leurs maiſtreſſes, comme elles ſe ſont mocquees de leurs Amans. Ie veux bien que cecy ne vous puiſſe point arriuer; mais ſouuenez-vous qu'il vous a eſté d'autresfois predit, & que i'aymerois mieux eſtre mort, que vous voir reſſentir l'effet d'vn ſi mal-heureux preſage. Ici ie ſens la fin de ce diſcours, comme ſi ie ſentois approcher celle de ma vie. Eſprit prompt, mais solide, qui hayssez les choses prolixes, mais qui aymez aussi les parfaites, pardonnez à sa longueur en faueur de sa perfection, ou pour mieux dire de la vostre dont il n'est qu'vne imparfaite peinture. Ne regrettez point le temps que vous mettez à le voir, puis que c'est vostre pourtrait; & imitez la Diuinité qui se contemple elle mesme en tous ses ouurages, & tous ses ouurages en elle mesme. Il a falu dire beaucoup de parolles pour dire beaucoup de choses, & en eust bien falu d'auantage pour toucher toutes mes affections. Mais de qui les pouuez vous mieux apprendre que de vous-mesme qui les causez? ô ma belle, si vous les iugez par vostre beauté, qui pourra iamais qu'elle mesme assez dignement recompenser leur merite? Vous, pitoyables yeux d'vne impitoyable, qui m'auez fait l'honneur de vous arrester si long temps sur vn obiect indigne de vous; s'il faut que pour auoir adoré vos raiz, i'aueugle ma veuë, & ferme ici ceste derniere periode par le dernier acte de ma vie; Astres benins, destournez vn peu vos regards de ce spectacle, & ne les rēdez point coupables d'auoir veu mourir sans secours, celuy qui ne pouuoit cesser de vous honnorer qu'en cessant de viure.

ARGVMENT.

Que ceux qui parlent en public, ne deuroyent iamais mettre par escrit leurs parolles. De la ialousie. Que les biens de la fortune ne sont pas vrais biens; & que quād ils le seroyent, ils ne sont pas nostres. Que la Fortune & l'Amour departēt plustost leurs faueurs par sort, que par iugement. Que la grandeur est incompatible auecques l'Amour, & qu'vn simple gētilhomme en est plus capable qu'vn grand Seigneur. Qu'il vaut mieux quiter vne bonne cause, que la rendre mauuaise par vne foible deffense.

Discours quatriesme.

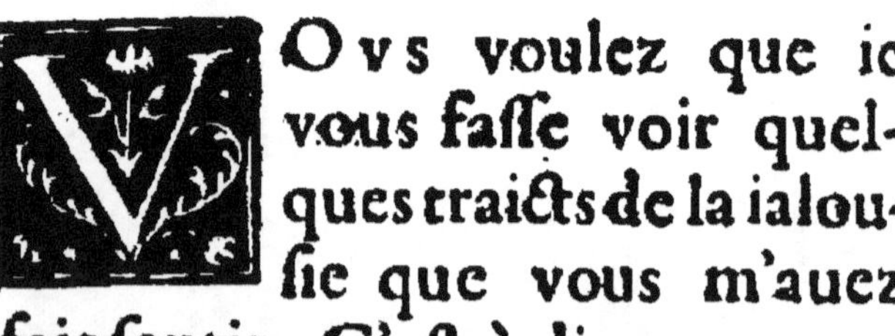

OVS voulez que ie vous fasse voir quelques traicts de la ialousie que vous m'auez fait sentir; C'est à dire que vous voulez voir vne preuue de ma foiblesse, car il m'est autant possible de vous les pouuoir representer ainsi que ie les ressens, cõme il est possible que la lune nous rende la lumiere du soleil aussi claire qu'elle l'en reçoit. I'ay d'autresfois ouy dire que ceux qui parlent en public ne deuoiẽt iamais mettre par escrit leurs paroles ; parce que la pluspart de leur grace consiste au mouuement & en l'action qui ne se peut pas escrire, & par ce moyen ils perdent la plus belle partie de leur discours. I'ay peur qu'il ne m'en arriue autant en vous voulant figurer vne passion qui se pourroit mieux lire en mes mouuemens, qu'en mes caractaires. Mais souuenez-vous qu'il m'est autant impossible de vous desobeyr, que de l'exprimer : Et que ce que i'en fais est plustost pour le deſir de vous complaire, que pour aucune eſperance que i'aye de me ſatisfaire à moy-meſme. Ie vous ſupplieray donc, ma belle, qu'apres vous en auoir dit tout ce que i'en ſçauray dire, vous iugiez que ie n'en ay dit que le moins, & penſiez que vous m'aurez beaucoup allegé quand vous la rendrez auſſi petite en mon ame, comme vous la verrez en ce papier; ie ne ſuis point ialoux de vous, ny de voſtre affection que vous m'auez teſmoigné reſpondre en quelque ſorte à la perfection de la mienne. Ie ne le ſuis point par aucune deffiance que i'aye de moy, que vous connoiſſez auſſi rare en affection, que vous l'eſtes en merite; & à ceſte cauſe des moins indignes de vous ſeruir que ce Siecle porte. Ie le ſuis d'vn homme que la fortune a fauorisé plus que moy. Ie sçay que les biens de la fortune ne sont pas vrais biens, puis qu'ils sont mis au nombre des choses indifferentes, que quand ils le seroient, ils ne sont pas nostres, puis qu'elle les peut reprendre de la mesme main qu'elle nous les baille ; que ie suis aussi riche & aduantagé de la Nature, qu'il le sçauroit estre de la fortune ; & d'autāt plus que le plus petit don de l'vne, ne sçauroit estre acheté par tous les thresors de l'autre : Mais ie sçay d'ailleurs que la fortune & l'Amour sont aueugles, que l'vne est vne femme, l'autre vn enfant ; & tous deux si legers qu'ils decident plustost les affaires par sort que par iugement, & departent plustost leurs faueurs par hazard que par merite. Que s'il aduenoit, comme il est permis aux amoureux de tout esperer, & de tout creindre, que ces Deitez aueuglassent la mienne ; ou luy fissent fermer les yeux à la verité de mon estre, pour les luy faire ouurir à l'apparence d'vne fausse prosperité pleine de vrais maux ; helas ! que deuiēdroit alors mon Amour ? Ma belle, voila la plus insupportable de mes pensees, & la chose du mōde que mon imagination est plus incapable de soustenir. Mais quand ie me [illegible]-presente que la grandeur [illegible]st pas vne partie essentielle de l'Amour ; au contraire qu'elle nuit, & est incompatible auec la seruitude ; & qu'il est ici question de vous seruir, & non pas de vous commander. Il n'y a loy, ny raison au monde qui ne me persuade qu'vn simple gentil-homme en est plus capable, qu'vn grand seigneur; car le souuenir de sa condition le rendra tousiours plus ployable en l'obeyssance, plus patient en sa passion, & plus discret en sa fortune que celle des grands, qui pensent que toutes les faueurs qu'õ leur fait leur sont deuës, & que celles qu'on ne leur fait point leur sont desrobees; & à ceste occasion mesprisent incontinẽt les graces qu'on leur accorde, comme ils s'offensent mortellement de celles qu'õ leur refuse; tellement que les Dames n'en peuuẽt estre iamais que hayës, ou mesprisees. Que si la grandeur est incompatible en Amour, vn âge desia languissant & passé l'est encore d'auantage. Ie veux qu'il ait le courage, l'esprit, & la volonté si forte, & si vigoureuse que moi; c'est tousiours du courage, de l'esprit & de la volõté ſans pouuoir; or i'ay touſiours ouy dire qu'en termes de droit, il n'y a point de plus grand defaut que de puiſſance. Toutes ces raiſons, ma belle, auec la connoiſſance que i'ay de la beauté de voſtre Eſprit qui ne les peut ignorer, deuroient faire mourir ma ialouſie, & me laiſſer viure moy-meſme en quelque repos: mais le ſujet de ma paſſion eſt ſi rare, & d'vne tant ineſtimable valeur, que ie ſuis jaloux du Ciel qui le couure, de la terre qui le ſouſtient, du ſoleil qui le regarde, du vent qui le touche, & de toutes les choſes qui ſ'en approchent. Vous ſçauez ma belle, ſi cela procede de la force, ou de la foibleſſe de mon Amour; ce n'eſt pas à moy d'en parler, puis que tout ce que i'ẽ pourrois dire n'arriueroit pas à la cõnoiſſance que vous en auez ny la cognoiſſance que vous en auez à la perfection de ce qui en est. Biẽ vous dirai-ie, que toutes les choses du monde, ou elles sont violẽtes, & par consequent sans duree, ou elles sont durables, & par ainsi sans violence; excepté ma passion que vous auez peu voir aussi durable en sa violence, que violente en sa duree : obligez-moy de ne m'obliger point à vous en parler d'auantage. I'offense mon affection en la voulant dire, & la rends petite en l'amplifiant. Il vaut mieux quitter vne bonne cause que luy faire ce tort de la mal debattre, c'est trahir son droict que le commettre à l'insuffisance, ie me sens comme criminel de l'auoir si mal defendu ; car encore se vaut-il mieux taire & confesser ce qu'on ne peut dire par le silence, que l'offenser par le discours. Vous ma belle, qui voyez si clair au trauers des plus secrets pensers de mon ame; lisez y les conceptions que vous y auez formees, les pitoyables ressentimens de tant de maux que vous m'auez faits, & le perpetuel sacrifice de tant de vœux que ie vous en rēds; voyez y l'image du desespoir ou vostre cruauté me reduit, & ne souffrez point que le sang de tant d'innocentes & fidelles affections qui me font mourir, souillent le courage, & les mains de la plus parfaite beauté qui viue.

ARGVMENT.

Que la separation de deux ames est plus cruelle, que celle qui se fait de l'ame & du corps. Qu'on ne peut souffrir iniustement quelque chose, qu'à la honte de ce qui le fait souffrir. Que c'est tesmoigner trop peu de ressentiment en l'attainte d'vn grand mal-heur, que pouuoir monstrer que l'on le ressent.

Epistre premiere sur vn départ.

'AVOIS tousiours pensé qu'il n'estoit point de plus cruelle separatiõ que celle qui se fait du corps, & de l'ame; mais la seule apprehension du depart ou ie suis reduit, me fait biẽ maintenant sentir que la cruauté qui separe deux ames l'vne de l'autre, est d'autant plus extreme, que l'vniõ en est plus parfaicte: D'autant que le corps en la priuation de son ame mourant seulement pour viure, n'en ressent iamais plus la perte; la ou mon ame viuant seulement pour mourir en l'absence de la vostre, n'en perdra iamais le ressentiment. Puis qu'il faut neantmoins que ie me recule de la chose du monde que ie desire plus d'approcher; & que le Ciel qui me fait mourir du desir de vous voir, me contraint encore de viure pour souffrir le regret de ne vous voir point : donnez vous au moins vn peu de loisir de considerer le pitoyable changement de ma fortune, & voyez si de tous les hommes qui furent iamais, vous ne me rẽdez point le plus miserable, pour m'auoir trouué le meilleur. Ie vous appelle à tesmoing Madame, & n'en veux point produire autre tesmoignage que celuy que vous mesme m'en pouuez rendre, si depuis que mes yeux furent esclairez des vostres, ils ont iamais eu d'obiect agreable que vos beautez, ny mon discours d'autre subiect que vos merites; si mon ame a iamais receu d'autre impressiõ que celle de vostre figure, ni conceu d'autre pensee que celle de vostre seruice; si ma bouche à iamais inuoqué d'autre nom, ny mon cœur adoré d'autre idole, & si iamais i'ay flechi les genoux, ny tendu les bras à d'autre perfection que la vostre. Et bien que pour m'estre sacrifié moy mesme à vos volõtez, ie n'en reçoiueque des suppplices, & qu'il soit cruel de se voir punir pour meriter d'estre recogneu; si est ce que comme il n'est point de plus grãde satisfation que le contentement qu'on reçoit en son ame d'auoir biẽ fait, ce m'est vne grãde gloire d'auoir esté digne de vostre seruice, & de ne l'estre point de vostre rigueur; gloire qui conuertit mon supplice en martyre, & vous conserue mon affection encore viue, au milieu des tourmens qui me tuent; mais que ie ne puis acquerir, qu'en vous laissant le blasme de me les faire indignemẽt endurer. Or ce seroit tesmoigner trop peu de ressentiment en l'attainte de ce grand coup, que pouuoir monstrer que ie les ressens; il vaut mieux se taire & representer ma foiblesse par mon silence, que faire voir en parlant qu'il me reste encore quelque peu de force; combien qu'il m'en reste si peu, qu'à grand peine en ay-ie seulemẽt pour vous pouuoir dire que ie n'en ay point. A Dieu donc Madame: puis qu'il faut que ie viue pour proferer encore ce mot qui me fait mourir, & ne me laisse plus estre, que pour demeurer.

Vostre

ARGVMENT.

Que le papier est vn foible allegement d'vne forte douleur: & que lon ne laisse pas de recourir à ce miserable remede, & se seruir d'vne chose morte pour en tesmoigner vne mortelle. Desplorable condition de ceux qui de tant de paßions differentes, n'ont pas moyen d'en dire vne seule. Qu'il n'y a que les plus legeres douleurs que l'on puisse plaindre, & que la perte d'vne chose rare, ne produit point des regrets communs.

Epistre deuxiesme.

PVIS que la force me contraint à me retirer d'vn lieu ou la volonté m'auoit si doucement engagé, & qu'il faut qu'auec l'esperance de vous seruir, ie perde encor le desir de viure ; il faut bien aussi que de tant de peines i'en descharge quelqu'vne sur ce papier, & que ie vous laisse en ce dernier Adieu quelque pitoyable memoire de mon depart. Ie sçay que c'est vn foible allegement pour vne douleur si forte comme la mienne, & que les plus cruels traits qu'vne plume de fer y pourroit escrire auecques du sang, ne vous representeroient pas la moindre partie de mon regret : mais aussi n'ay-ie pas enuie que vous sachiez tout le mal que vous me faites souffrir, depeur que vous n'en soyez vous mesmes attainte, & que ie ne vous communique des ressentimens, que i'ayme mieux endurer tout seul. I'eusse volontiers resigné cest office à ma langue, si i'eusse pensé qu'elle vous eust peu dire auec asseurance, ce que ma main ne vous escrit icy qu'en trẽblant; mais commẽt vous eust elle porté la parole d'vn esloignement dont ie ne puis pas soustenir la seule pensee : & comment vous l'eust peu dire de viue voix, celui qui n'a rien en luy de viuant que sa passion ? Il a dõc falu que i'aye eu recours à ce miserable remede, & que pour vous tesmoigner vne mortelle douleur, ie me sois serui d'vne chose morte. Voyez si ma condition n'est pas deplorable puis que de tant de differentes sortes de passions qui me tuent, ie n'ay pas moyen de vous en pouuoir dire vne seule. On dit bien vray, que les grandes afflictions estonnent les sens, & qu'il n'y a que les plus legeres douleurs que l'on puisse plaindre. Si ie n'emportois auec moy qu'vne moyenne tristesse, ie la pourrois peut estre monstrer; mais estant accablé d'vn si grand mal-heur, il s'en faut tant que ie le puisse representer, que ie ne sçay pas moy-mesme en quel estat il me represente. Mais vous pouuez penser que la perte d'vne chose si rare & si chere que vostre presence, ne produit point en moy des regrets communs; & que i'ay d'autãt moins de moyen de les exprimer, que i'ay plus de sujet de les ressentir. Ie vous ferois ici des protestations inutiles, si ie vous disois qu'en quelque part que ie puisse aller, ie ne sortiray iamais de vos volontez; car vous sçauez bien que ceux qui s'y sont vne fois liez, ne s'en peuuent iamais desdire; & que vous m'y auez attaché par tant d'estroittes obligations, qu'il seroit impossible à la mesme infidelité de les rompre: mais ie vous supplieray bien de croire que quand ie n'y serois obligé par aucun deuoir, il suffiroit assez de mes seules affections; qui vous coniurét ici de ne les effacer point tellement de vostre memoire, qu'il ne vous souuienne que vous leur auez donné l'estre, & que ie ne me conserue encore le mien que pour le perdre en vostre seruice; qui est tout ce que peut auoir de plus cher.

MADAME

Vostre

ARGVMENT.

Que tant plus vne douleur est violente, tant moins elle est longue. Que c'est l'effect d'vne ame basse de prendre occasion de la bonté de quelqu'vn pour le mal traicter. Qu'il vaut mieux suffoquer ses propres douleurs, ou en estre suffoqué soy-mesme, que les accroistre par la souffrance de quelque dedain. Que ce ne sont point les plus grandes maladies, mais les dernieres qui nous font mourir.

Epistre troisiesme sur vn despit.

PVIS que des seruices que ie vous rends, naissent les défaueurs que vous me faites ; & que pour vous honnorer sans aucune obligation, vous me dedaignez sans aucũ subjet: qu'il faut qu'au lieu des recompenses que ie merite, ie souffre des supplices dont ie suis indigne ; & que pour soustenir vostre reputation au peril de la mienne, i'esprouue les tourmens que meritent ceux qui l'offensent. Il faut que ie vous die aussi que ie ne veux point gourmander tout le monde à vostre occasion pour estre gourmandé de vous seule, & que c'est vne des dernieres tyrãnies que vous exercerez iamais sur ma seruitude. Ie sçay que cela vous sera accroissement de plaisir, & à moy rengregement de douleur ; mais tant plus elle sera violente, tãt moins elle sera lõgue. Vous ne m'eussiez pas esté si mauuaise, si vous ne meussiez recõnu si bon ; mais biẽ que ce soit l'effect d'vne ame basse de prẽdre occasion de la bonté de quelqu'vn pour le mal traicter, si n'alteray-ie iamais la miẽne pour me vẽger de vostre mauuais traictement. Ie m'estime trop satisfait, de vous retrancher les honneurs que ie vous auois voués, & de laisser courir le blasme que l'on vous donne; biẽ que pour l'arrester, ie me sois laissé si fort emporter moy-mesme, qu'õ n'a pas remarqué moins de fureur en mes mouuemens, que de raiſon en mes paroles ; ce que ie ne vous eſcrirois iamais, ſi ce n'eſtoit la derniere choſe que ie vous eſpere iamais eſcrire. Ie cõfeſſe que ie rõps auecques vous, auec le plus extreme regret que i'aye iamais ſouffert, ny que ie puiſſe iamais ſouffrir ; que ie n'en gueriray de ma vie, & que ſi les playes de l'ame durent encores apres la mort, l'eternité meſme ſera le terme de leur duree. Mais i'ayme mieux ſouſpirer ailleurs mes afflictions, ou les ſuffoquer en mõ ame ou qu'elles me ſuffoquent moy-meſme, que les accroiſtre tous les iours par de nouuelles indignitez. Que ſi vous vous eſtonnez que i'aye pris vne petite occaſion en ayant deſia paſſé de ſi grandes ; ſouuenez-vous que ce ne ſont pas les plus

grandes

grandes maladies, mais les dernieres qui nous font mourir, & qu'il n'est pas merueille qu'vne legere défaueur succedant apres tant d'autres insupportables, acheue maintenant de perdre vn sujet que vous auez tant de fois esgaré. Adieu.

ARGVMENT.

Regrets amoureux. Qu'il est iuste que nous sentions par experience, ce que nous ne voulons croire par raison. Qu'il n'y a point de raison en Amour, & moins encore en ceux qui l'y cherchent. Que pour estre excessif en discretion & fidelité : l'vn nous fait accuser de timidité, l'autre de simplesse. Et qu'on peut aussi bien diffamer quelqu'vn auecques sujet, que l'honnorer sans merite.

Epistre quatriesme sur vne ingratitude.

ST il temps maintenãt de se plaindre d'vn mal duquel on n'espere iamais guerir? faut il que ie montre en mourant, vne douleur que i'ay tenu ſi ſecrette durant ma vie ? helas ! ce ſera donc ſeulement a vous, de peur que la diſant à quelque autre, il n'en pourſuyuit vne cruelle vengeance. Las ! ſi vous m'auez iamais aimé, comme tant d'amoureuſes careſſes me faiſoient fauſſement à croire, auez vous peu ſi facillement oublier des affections pour le ſouuenir des quelles, i'ay perdu celuy de moy meſme ? ou ſi vous ne m'auez point aymé comme il eſt plus vray ſemblable, & que tãt de baiſers & d'embraſſemẽs, dont vous m'auez autresfois eſtraint, ne fuſſent qu'autãt de trahiſons que vous ourdiſſiez contre moy ; auez vous eu le cœur de trahir vne creature qui pour ſe conformer a voſtre deſir, euſt conſenty de bon cœur a la trahiſon que vous braſſiez contre elle meſme ?

Faloit il dõc que pour vous auoir addressé des veux dont vous n'estes point capable, ie souffrisse des tourmens que ie n'ay point meritez, & que pour auoir impiement idolatré vos beautez, ie fusse chastié de mon crime par celle la mesme qui me l'auoit fait commetre? las! qui s'en fut peu garentir; voir tant de merueilles deuãt mes yeux, sentir tant de fremissemens entre mes bras, & recueillir tant de douceur de vostre bouche, estoient ce des lâs dont on se peut aisément desprendre? Ceste maistresse bouche qui pendant les rauissemens d'vn heureux extaze, me donnoit & receuoit des baisers qui me succçoyent l'ame par tous les sens, auec dès soupirs qui m'enleuoient le cœur de sa place; & ces yeux pleins d'amour qu'vn pitoyable ressentiment de mes passions fondoit si souuent en larmes; comment ne les eusse ie point adoré, moy qui fermois les miens a tout autre iour qu'a celuy que ie receuois de leur veuë? Eusse ie creu lors que c'este douce nourriture de deux ames si cherement amoureuses, se fut changee en venin, ces faueurs en dedains, & ces affections si vifues en des inimitiez si mortelles? las! puis que leur violence ne me fit deffier de leur duree, il estoit biẽ iuste que l'experience me fit sentir, ce que la raisõ ne m'auoit peu faire accroire. Mais helas! suis-ie encore de ceux qui cherchẽt de la iustice en Amour? Ne suis-ie pas sans raison d'en penser trouuer en ce qui n'en eust iamais, & qui est proprement le contraire de la raison? helas! qui deuoit estre mieux aimé que moy, si l'on eust aymé par deuoir ! car si pour vous cherir on pouuoit auoir graué quelque affection en vostre ame, tout le monde ensemble ne m'est pas si cher qu'vn de vos cheueux; si pour vous honnorer, i'ay rendu le ciel ialoux des honneurs que ie vous ay faits ; & si pour estre discret & fidelle, la discretion & la fidelité sont en moy des extremitez vitieuses; tellement que pour estre excessif en ces deux parties l'vne m'a fait accuser de timidité, l'autre de simplesse. Vous sçauez ce que vous n'auez point fait pour destourner ma perseuerance, sans que vos plus sanglantes rigueurs inhumainement exercees sur vn courage extremement vif & sensible, ayent iamais peu diuertir aucune de mes affections, ny rien alterer de cest hũble respect dõt i'ay tousiours honoré vostre ingratitude, Mais allez cruelle, vous ne vous en rirez pas, il me reste encore plus de moyẽ de vous diffamer auecques sujet, que ie n'en auois de vous honnorer sans raison. Et ne pensez pas que ie me garde de vous offenser de peur de me faire tort à moy-mesme, car i'ay des traits ineuitables d'vne vengeãce inconnue, qui ne sera pas moins honnorable, pour moy qu'infame pour vous. Et viuez seulement en ceste esperance, car ie vous suis aussi mortel ennemi, que ie vous fus autresfois parfait seruiteur.

ARGVMENT.

Qu'on se fait autãt de tort d'aimer vne ingrate, comme elle nous en sçauroit faire de nous hayr. Qu'en pensant ouyr des satisfactions l'on reçoit des plaintes. Que celuy qui donne tout ne refuse rien. Qu'on ne doit point douter des paroles que l'experiēce a fait reconnoistre veritables, mais de celles qu'elle a fait voir fausses.

Epistre 5. sur mesme sujet.

APRES auoir examiné ce que vous m'auez fait, & pesé ce que vous m'auez dit; ayant trouué que celle qui m'offense se plaint, & que celle qui me doit me demande: i'ay pensé que ie me faisois autãt de tort à moymesme de vous aymer, comme vous m'en sçauriez faire de me hayr; & que m'opiniastrer d'auãtage apres vous, estoit propremēt m'obstiner contre moy. C'est la cause Madame, pour laquelle i'ay plustost choisi de vous escrire, que de vous parler, bien que pour mon desir i'aye fait election du pire, pour auoir moyen de vous faire voir mes raiſons auec plus d'ordre & de loiſir, que l'eſgarement & la confuſion ou ie ſuis en voſtre preſence ne m'en permet. Ie vous diray donc que ceſt pour voſtre ſeul regard que ie ſuis icy, pour voſtre ſeruice, & pour voſtre amour; ſans aucun autre ſujet que le ſeul deſir de vous voir, de vous honnorer, & de vous complaire. I'ay quitté ma maiſon, mes amis, & moymeſme me ſuis encore quitté pour vous, auec vn pretexte auſſi faux, comme mon affection eſtoit veritable. I'ay perdu le ſouuenir de ma condition, le ſoin de mes affaires, le repos de ma vie, & la iouyſſance de mon bien; pour venir chercher icy des maux que nul ne peut ſçauoir que moy, qui les ay soufferts. Maintenãt apres vn vn voyage de deux cens lieuës, vn seiour de quatre mois, vn soucy continuel de vostre seruice, vne memoire eternelle de vos beautez, & vn perpetuel oubly de moy-mesme ; au lieu que ie pensois ouyr des satisfactions, vous faites des plaintes : vous criez & me battez tout ensemble, me refusez & me demandez tout en mesme temps. Vous me voulez faire perdre vne chose pour l'amour de laquelle i'ay quicté toutes les autres, & non seulement la chose mais l'esperance, & non seulement l'esperance mais le souuenir. En me demandant de nouueaux seruices, vous me retranchez vos anciennes faueurs ; & auec l'esperance de les auoir, vous me voulez encores oster la memoire de les auoir euës : vous m'opposez vn mariage lequel estant veritable, vous sert de sujet de me chasser, & ne l'estant point, de pretexte. Parmy tant d'ingratitude & de cruauté, vous auez le cœur de me demander les seuls gages qui me restent encore de l'affection que vous m'auez autresfois portee, ou fait semblant de porter. Iugez s'il est raisonnable, ou du moins possible, puis que la puissance loge plus souuent en Amour que la raison; & ne laissez pas d'estre Iuge, encore que vous soyez Partie, qu'il s'agisse de mon bien, & du plus souuerain bien de mon ame. Ie vous iure par le sermẽt de fidelité que ie vous ay fait, & que ie ne rompray iamais tãt que vous aurez agreable que ie l'obserue, que mon cœur, quoy que iustement outré de tant de rigueurs, il deut plustost respirer ma vengeance que vostre seruice ; ne veut point sortir toutesfois de la seruitude ou vous le tenez, & ne redoutte rien tant que sa liberté. Mais retenez l'y pour le respect de luy mesme, comme il s'est asseruy pour l'amour de vous. Vous sçauez assez qu'il est vostre, & que celuy qui s'est donné tout entier ne refuse point la partie. Croyez au moins à ce que vous auez veu, ce n'est pas à vous à doutter de mes parolles que l'experience vous a fait connoistre si veritables, mais c'est bien à moy de me deffier des vostres, qui m'ont promis tant d'Amour, & me donnent tant de tourmēt. I'ay prié vostre damoyselle de vous donner ceste lettre, laquelle ne s'en est point voulu charger sans la voir, & encores moins apres l'auoir veuë. Cela veut dire qu'elle ne m'ayme pas mieux que vous; aussi n'est-ce qu'vn simple defaut de bonté que ie luy pardonne. Mais à vous Madame, c'est vn excez de malice que Dieu ny les hõmes ne vous pourront iamais pardonner : car vous estes incapable de repentance & par consequent de grace, cependant ie ne laisse pas de rechercher encore la vostre; voyez si ie ne suis pas vostre seruiteur.

ARGVMENT.

Que c'est autant de foiblesse de s'affliger d'vne grande infortune, comme d'inhumanité de se pouuoir garder d'en estre touché. Qu'en vne douleur qui n'est point commune, nous nous deuons ressouuenir que nous ne sommes pas aussi du commun, & que moins encor le doit estre nostre consolation. Qu'estant tous obligez de nostre vie à la mort, elle en peut disposer à sa volonté. Comment on doit plaindre, & se ressouuenir de ce que l'on ayme. Raisons, & exemples pour monstrer qu'il ne faut point plaindre les morts. Qu'on ne doit pas moins tesmoigner de courage aux afflictions domestiques, qu'aux executions militaires, & que nous ne deuons pas seulement nous consoler, mais aussi nous resiouyr.

A MONSIEVR DE S. LVC sur la mort de Madame N.N. sa femme.

Discours troisiesme.

ONSIEVR

La perte que vous auez faite est si grande, & la consolation que ie vous puis donner si petite, que iugeant les paroles inutiles ou les effects ne peuuent de rien seruir; ie pense qu'elles renouuelleront plustost vos regrets, qu'elles n'allegeront vos doulcurs. Principalement d'autant plus que la nouuelle de vostre mal-heur m'estāt arriuee sur le coup d'vne maladie qui ne me laisse pas tousiours la liberté de songer à moy : ie me suis trouué si foible pour la supporter, & si engagé dās mes propres afflictions, que i'ay eu plus de besoin de consolation pour moy-mesme, que de moyen de vous en donner. D'où vient que ce discours sortant vn peu tard, auec autant moins de grace que l'occasion en est ja passee, seruira plustost à vous refraischir la memoire de vostre mal, qu'à vous consoler.

Mais i'estime aussi que s'il vous eust esté presenté plustost sur les premiers mouuemens de vostre passion, il vous eust trouué moins disposé de vous en seruir, & qu'il fera plus d'effect maintenãt que la violence en doit estre aucunement adoucie. Certes il falloit que vos larmes fissẽt leurs cours: & ie croy que les vouloir arrester au commancement c'eust esté vous retrancher vne grande partie de vostre consolation. Car auoir la possession d'vne telle femme, en qui la perfection des autres estoit si parfaite, & la perdre en ceste perfection sans le ressentir, c'eust esté plustost insensibilité que constance. Il faut donner quelque chose à nos passions, mais aux affectiõs legitimes rien ne peut estre refusé. Comment donc eussiez vous peu refuser des larmes à celle-là? Vous fussiez-vous peu tout seul abstenir de regretter vne creature qui est deploree de tout le monde?

Vostre douleur estant donc si

iuſte, i'ay penſé que les premieres plaintes vous en deuoient eſtre pluſtoſt permiſes, que deffendues. Mais à preſent que la raiſon doit auoir repris la place qu'elle pouuoit auoir cedee à la paſſion, conſiderant les diuers ſuiets que vous auez de vous cõſoler; i'eſtime que ce ſeroit autant de foibleſſe de ſ'affliger de ceſte infortune, comme ſceuſt eſté d'inhumanité de ſe garder d'en eſtre touché.

Ceux qui ſçauent qu'elle eſtoit feu Madame de Sainct Luc, (& qui ſont ceux qui ne le ſçauent point) ſouſpirent auecque vous vne meſme plainte; ceux qui ont eu l'honneur de la voir, regrettent de l'auoir veuë; & ceux-la meſme qui gemiſſent ſous leurs propres maux, oublient leurs douleurs pour pleurer les voſtres. Tellement que voſtre deuil n'eſt pas ſeulement particulier, mais auſſi public ; voire le public ſe deult pour elle & pour vous, au lieu que vous vous lamẽtez ſeulement pour elle ; que ſi ceſt vne cõſolation aux mal-heureux d'auoir des ſemblables , vous ne pouuez faillir d'eſtre conſolé ayant tant de compagnons en voſtre mal-heur.

Ie ſçay bien que de tous ceux-la, il n'en y a pas vn qui la doiue tant regretter comme vous , n'y tous enſemble ne la plaignẽt pas tant comme vous tout ſeul. Mais ſi voſtre douleur n'eſt point commune , vous n'eſtes pas auſſi du commun ; & moins encor le doit eſtre la conſolation que vous deuez emprunter de vous meſme. Combien qu'à le bien prendre il ne vous eſt rien arriué qui ne soit ordinaire à tous ; & c'est vne espece d'iniustice de vouloir estre seul exempt d'vne chose, à laquelle vn chascun est suject.

Vn chascun est suject à perdre ce qu'il possede, voire aucun ne possede rien qu'à condition de le perdre ; vous sçauiez bien que c'estoit vne clause du cõtract de vostre acquisition,&que vous ne la pouuiez posseder qu'en vertu de ce titre. Puis que vous le sçauiez, pourquoy vous accordiez-vous de la prendre à ceste condition ; ou puis que vous l'y auez prise, pourquoy vous plaignez vous qu'il soit arriué selon vostre accord ? Mais quoy ; la perdre si tost en la vigueur de ses ans, de ses beautez & de vos flames ; cela est cruel. Mais vous ne vous estiez pas accordé du temps, la mort ne vous auoit pas menacé de la prendre si tost, elle ne vous auoit pas aussi promis d'attendre plus tard. Qui s'oblige à la volonté de son creancier, le doit payer quand il veut. Souuenez-vous que vous mesmes luy estes obligé de la propre vie, & qu'elle en peut disposer à sa volonté. Que si elle a commencé par vostre moitié, c'est peut-estre pour vous aduertir d'apprester la vostre, afin de n'estre surpris au terme: Et ne vous plaignez point du peu de temps que vous auez demeuré auec elle; car tant plus vous y eussiez demeuré, tant plus vous l'eussiez regrettee, puisque telles amours ne viellissēt point, & que plus on a de plaisir auec elles, plus on a de regret d'en estre priué.

Ouy, mais c'estoit vne creature si excellēte, en qui le ciel auoit mis tant de graces; quel moyen de la pouuoir oublier, ou de s'en pouuoir ressouuenir sãs la plaindre? Vous ne la deuez pas oublier aussi, ce seroit vn remede indigne de vous, & d'elle; vous vous en pouuez ressouuenir & la plaindre pourueu que ce soit auec moderation, comme l'on se ressouuient des choses qu'on a faites en sa ieunesse auec vn certain regret meslé de quelque douceur; ou comme des bonnes fortunes que nous auons tous les iours, auec plus de plaisir de les auoir eués, que de regret de ne les plus auoir. Car vous ne nierez pas qu'elle ne fut vne bonne fortune pour vous, & que vous n'ayez plus de sujet de vous resiouyr pour l'auoir autresfois possedee, que de vous affliger pour l'auoir maintenant perdue; puis qu'en la possessiõ vous estiez tout seul, & que vous auez tant de compagnons en la perte. Et pour vous mieux faire toucher cecy; est-ce pour l'amour d'elle, ou pour l'amour de vous que vous la plaignez. Si c'est pour l'amour d'elle, vous auez tort de vous affliger pour vne personne qu'õ deuroit plustost enuyer que plaindre; car les ames heureuses sont plustost vn object d'enuie que de pitié, & celle-la est tellement heureuse, & l'a esté tousiours en telle perfection, qu'on ne sçauroit dire en quoy elle l'a esté d'auantage. Si elle a esté mieux nourrie ou mieux nee, plus vertueuse ou plus belle, mieux partagee de la Nature ou de la Fortune, plus heureuse en frere ou en mary, plus louable en sa vie ou en sa mort. Tellement que la regretter principalement à cest heure qu'elle est en son extreme felicité, cest porter enuie à sa gloire, & troubler plustost en tant qu'en vous est, sa beatitude, que luy rendre quelque deuoir.

Mais si c'est pour l'amour de vous que vous la plaignez, vous auez encore tort en cela, de preferer vostre passion à son propre biẽ. C'est vne question d'amour, à sçauoir, si nous aymons les femmes pour l'amour d'elles, ou pour l'amour de nous mesmes. Quelques vns tiennent le dernier; mais ils ne voyent pas que puis que nous les aymons plus que nous, il faut que la cause en soit hors de nous; d'autant qu'on ne sçauroit aymer quelque chose plus que la cause pour laquelle on l'ayme. De ceste façon il ne se peut croire que comme vostre amour estoit vne des plus parfaites, vous ne l'ayez aymee plus que vous mesme. Pourquoy dõc voulez-vous maintenãt dementir ceste belle affection, & faire voir que vous l'aymez moins, en regrettant sa felicité? Si vous eussiez esté tous deux en prison, eussiez vous esté marry qu'on l'eust mise en liberté la premiere? Et puis que le corps n'est autre chose qu'vne prison, pourquoy vous plaignez vous qu'elle en soit premierement deliuree?

Vne autre raison pour laquelle seule vous deuez du tout arrester vos plaintes; c'est parce qu'elles sont inutiles. Vous auez beau vous douloir & vous plaindre, vous ne la recouurerez pas. Et quãd vous la pourriez recouurer par vos larmes, ie ne sçay pas s'il vous seroit encore permis de le desirer ; ie ne pense pas que vous le deussiez seulement penser : car prefereriez-vous vostre desir à sa gloire ? luy voudriez-vous faire quitter ceste Eternité, pour esprouuer derechef les miseres de ceste vie? Voudriez-vous qu'elle mourust encore vne fois? Cela ne se peut imaginer, & cependant il le faudroit. Que s'il ne vous est plus permis de la pleurer quād mesme vos pleurs vous pourroient seruir; combiē moins estāt inutiles ? & combien moins encore estant dommageables?

Passons aux exemples, Cest ancien Euesque de Cartage sortant tout nud de sa ville, dépouillé de ses biens, de ses enfans & de sa femme; Ie te remercie disoit-il, mon Dieu, de ce qu'on ne m'a rien encores osté de ce qui estoit à moy. Qu'estoit-ce à dire, sinon

que

que nous n'auõs rien de propre; que ce que nous appellons nostre, n'est point à nous ; & que nous auons plus de sujet de rendre graces à Dieu des biens qu'il nous laisse, que de nous plaindre de ceux qu'il reprend?

Alcibiade estant vn iour entré dedãs vn festin qu'õ faisoit chez vn sien amy, & y voyant vn riche buffet chargé de vaisselle d'or, commanda qu'on en emportast la moitié chez luy. Tous les assistans s'estonnerẽt de ceste action pleine, à leur aduis, d'inciuilité; Mais plus gratieusemẽt respõdit le proprietaire ; Que de ce qu'il pouuoit tout prendre, il s'estoit contenté de la moitié. Imitez ces grands personnages Monsieur, ausquels vous ne pouuez ceder qu'en nombre d'annees; & puis qu'il a pleu à Dieu d'entrer chez vous, remerciez-le plustost de tant de graces qu'il vous a faites, que vous affliger de ceste disgrace.

Ie ne veux point confirmer cecy par autres exemples, car ils ne doiuent point estre proposez à celuy qui sert luy-mesme d'exemple aux autres. Mais ie vous voudrois proposer vous mesme pour vous conuier de vous imiter: & ne noyer point en vos larmes la vertu de ce grand courage, qui ne vous doit pas moins seruir aux afflictions domestiques, qu'aux executions militaires.

Consolez vous donques Monsieur, qu'apres vne belle vie, succede vne belle mort: c'est tout ce qu'on peut souhaiter; & vous consolez encore pour la priere que vous en fit celle-la mesme que vous plaignez. Vous sçauez qu'elle n'en emporta point de plus grãd regret, que celui qu'elle eust de vous en laisser. Si en la gloire ou elle est, sa felicité pouuoit estre troublee de quelque plainte? quel deplaisir pensez-vous qu'elle receuroit de vostre douleur? mais combien plus de sujet auroit elle de vous regretter vous voyant en ceste valee, iustemẽt appellee de larmes puis que nous y naissons en pleurs, y viuõs & mourõs entre les pleurs. La ou elle est maintenãt la haut, iouyssãt de l'eternelle gloire des bien-heureux, qui est vne beatitude incomprehensible, mesmes aux Anges. Ce qui n'est pas seulement capable de vous consoler, mais aussi de vous resiouyr.

Or ie ne doutte point Monsieur, que plusieurs beaux esprits

ne vous y ayent desia disposé, & deuant, & mieux que moy. Mais s'ils me deuancent en diligence, ils ne le font pas en affection; & en vostre seruice, ils ne me deuanceront iamais en l'vn ny en l'autre, tant qu'il vous plaira de me laisser estre.

MONSIEVR,

Vostre tres-humble seruiteur.

ARGVMENT.

Que nul mal ne peut estre bien guary, s'il n'est bien conneu. Que les fruicts qui meurissent en naissant, ne sont iamais de longue conserue. Nouueau moyen de se consoler dans la mesme desolation, contre les diuertissemens ordinaires que l'on pratique. Que les coups preueus sont les moins nuisibles. Qu'on de-

uroit estre bien aise de la mort, quand ce ne seroit que pour se voir affranchi des incommoditez de la vie. Diverses opinions sur le premier & second bien des hommes. Combien est grande la felicité des morts au pris des miseres de ceux qui vivent. Qu'il est indigne d'un cœur genereux d'aymer quelque chose pour le profit.

A SON MAISTRE D'ALLIANCE SUR LA MORT DE SON FILS.

Discours quatriesme.

VOus auez perdu vostre fils mon Maistre, il m'est bien cruel de vous en renouueller la perte; mais les playes qui ne sont bien sondées ne peuuent pas estre bien pensées, ny nulle sorte de mal guery qui n'est premierement bien conneu: Et ie ne sçay comment il arriue qu'ẽ sondant le mal, on fair quelquesfois.

plus de douleur que n'en feroit le mal mesme. Ce n'est pas toutesfois mon dessein d'irriter vostre passion, non plus que de la flater, car ny mon humeur quand ie ne vous aymerois pas, ny mon affectiō quād ie ne serois point de ceste humeur, ne me permettroit iamais l'vn ni l'autre. Mais mō intētiō est de vous cōsoler à ma mode selon que Dieu, & les aduersitez ausquelles ie me suis depuis si lōg temps exercé, m'en ont fait capable; car ie serois fort malhabille si dans le torrent des afflictions ou ie suis plongé, i'estois comme on dit des anchres, tousiours dans l'eau sans aprendre iamais à nager. Vostre mal doncques consiste en la perte de vostre fils qui est cheu quasi du berceau en la sepulture, & qui en ceste premiere enfance en laquelle vous l'auez veu tristement mourir, vous donnoit des esperãces d'estre vn iour tel que vostre cœur l'eust sceu desirer. Et au lieu de cela, la mort vous l'arrache d'entre les bras, & quasi de la mamelle sans attendre a peine qu'il soit seuré ; cela est si sensible que le ressentiment n'en peut estre dissimulé. Principalement qu'il estoit d'ailleurs d'vn naturel doux & aymable, beau de corsage & de face, & d'vn esprit encore plus beau que le corps ; mais d'vn iugement vif & trop accomply pour l'imbecillité de son age, & de sa personne, qui me faisoit doutter de sa vie en sa sãté mesme, car les fruits qui meurissent quasi en naissant ne sont iamais de longue conserue. Certainement vous auiez en luy vn viuant pourtraict de vous mesme, ou vous pouuiez voir beaucoup mieux que dans vn mi-

roir vne belle partie de vos perfections racourcies en ce petit abregé. Or eſtre pour iamais priuee de
ceſt obiect, voila voſtre mal; paſ-
ſons maintenant au remede. Ie
ne veux point vous donner d'autres conſeils que ceux que i'ay ac-
couſtumé de prendre pour moy,
ny vous aſſuiectir à d'autres loix
que celles que ie m'impoſe; car
bien que cela ſemble vne vanité
de ſe propoſer ſoy meſme pour
ſeruir d'exemple aux autres, ſi eſt
ce que c'eſt vn vice du quel vous
me cognoiſſez trop ennemy pour
m'en accuſer, & en tout cas ie ne
me ſoucie pas tāt d'en eſtre accu-
ſé, que de vous ſeruir. La plus part
du monde ſe conſole par vn di-
uertiſſement qui tourne inſenſi-
blement noſtre eſprit a d'autres
penſees, qu'a celles qui l'affligent.
Et tout au rebours, ie cherche a
me conſoler dans la meſme deſo-

látiō; car si ie suis battu de quelque mal'heur, apres l'auoir bien consideré, ie passe de celuy la à tous ceux qui me sont iamais arriuez; & ne manquent point d'en trouuer de plus grands, i'en tire cest argument, Que si ie suis sorti de ceux la, ie sortiray donc bien encore de cestuy-cy; car celuy qui vient de trauerser vn bras de mer, ne craint pas de passer vn petit ruysseau. Apliquez cecy maintenant a vostre vsage, & voyez si vous n'auez pas autresfois digeré de plus ameres fortunes auecques plus de douceur. Ie vous ay veu soupirer la perte d'vn autre fils qui vous deuoit estre encore plus cher par plusieurs raisons. La premiere, parce que c'estoit vostre premier, que la Nature sans en chercher d'autre, vous obligeoit à cherir d'auantage. Secondement il estoit desia grand, hors des infirmitez de l'enfance, & plus prest a vous faire gouster le fruict que vous esperiez de luy, & par consequẽt plus regretable; car tant plus l'on s'est veu prez de ce qu'on s'estoit promis, tant plus on à de regret d'en estre esloigné. En troisiesme lieu la façon de sa mort inopinee & sanglante, vous surprenāt alors que vous y sōgiez le moins, vous frappa d'vn coup d'autant plus grand & moins reparable, que vous y auiez moins pensé. Tellement que moy-mesme qui contribuay des soupirs & des larmes à vostre deuil, ne fus pas moins estonné de vostre constance, que marry de vostre accident, la ou cestuy-cy est decedé d'vne mort a la verité languissante, mais naturelle & commune, qui vous a donné le loisir de vous y resoudre long temps auant qu'arriuer. Or est-il que les coups qu'õ void venir de loin ne nous touchent que legerement, parce qu'ils perdent leur force deuant que venir à nous : ou s'ils nous touchent, la crainte en a desia fait passer vne partie du mal deuant que le ressentir. Tellement que considerant la langueur de vostre fils, les apprehensions & les frayeurs dõt il troubloit à tous momens la serenité de vos iours, & flaistrissoit tristement les fleurs de vostre visage, sans aucune apparence de remede qui ne fut inutile pour luy, & dommageable pour vous; I'estime que vous deuez estre biẽ aise de sa mort, quand ce ne seroit que pour le voir affranchy, & vous sentir vousmesmes exempte des douleurs & incommoditez de sa vie. Mais combien plus deuez vous estre ioyeuse de sçauoir qu'il est maintenant viuant au ciel en vne gloire immortelle, ou son innocence à marqué sa place au plus heureux seiour des plus belles ames? ô bel esprit que ie te porte d'enuie plustost que ie ne te pleins, d'estre sorti de ceste misere à si bon marché, & d'auoir acquis vn bien qui n'a point de prix en toutes les choses du mõde, duquel quoy que tu iouysses toy-mesme auec vne ioye infinie, tu es neaumoins incapable d'en pouuoir iamais comprendre la iouyssance! Quelques vns ont pensé que le premier bien des hõmes estoit de ne naistre point, & le second de mourir incontinent apres la naissance; ce qui est faux, car on ne sçauroit auoir du bien sans auoir premierement l'estre : & pour le second, nous sommes appris que l'homme descheu de son innocence, peut neaumoins auecques la grace, faire du bien qui merite d'auãtage. Mais ce chemin est si peu battu que la plus part du mõde s'y perd : ce qui m'a fait souuent pẽser que i'eusse esté bien heureux s'il eust pleu a Dieu de m'appeller en cet age la. Helas ! que des choses se sont passees depuis dõt il faudra rendre conte, & non pas seulement des choses, mais aussi des parolles, & des pensees ; & non pas seulement des mauuaises, mais encore des oysiues. Combiẽ ay ie fait de maux depuis ce tems la, combien en ay ie soufferts, combien ay ie merité d'en souffrir, & combien est ce que i'en souffre, outre ceux qui sont encores au fonds du sac, dont vn seul trespas m'eust sauué. Combien de larmes ay ie tirees de mes parẽs, combien de sang de moymesme, combien de playes, combien de prisons, combien de pertes de biẽs & d'amis ay ie suportees, qu'vne mort innocente & prematuree pouuoit empescher! ô mon Maistre, que vostre fils est heureux de s'estre sauué de tant de tempestes par le naufrage de sa despouille, & que nous sõmes miserables de flotter encore parmy l'orage & l'obscurité de ceste tourmente! Que pensez vous, si son ame pouuoit estre touchee d'aucun regret en ceste felicité dõt il iouyt, qu'il s'affligeroit de vous voir languir de tristesse cõme si vous estiez ialouse ou enuieuse de son bõ heur? Reiouyssez vous donques de sçauoir qu'il est au ciel en la troupe blanche des innocens, compagnõ des Anges, & iouyssant du souuerain bien auecques les saincts dõt il acroist maintenãt le nombre. Et ne perdez point sans propos la loüange que ie vous puis donner auecque raison de vous auoir veu têmoigner plus de sagesse & de constance en vos aduersitez que vostre sexe, ny vostre condition ne sembloit permettre. Reiouyssez vous encore pour l'amour de vous mesme, & pour le bon gré que vous me deuez sçauoir de voir que ie tasche à vous consoler en vne saison, ou ie ne suis gueres moins affligé que vous. Vous sçauez assez de quels vents ie suis agité biẽ que vous ne vous en esmouuiez pas beaucoup; ce qui me toucheroit encore moins, si ie ne vous auois veu remuer pour des subiects beaucoup moins dignes, & plus incapables de vostre soucy que ie ne puis estre. Aussi n'ay-ie pas fondé mes affections sur aucune esperance d'vtilité; car outre que c'eut esté bastir des chasteaux en l'air, i'estime qu'il est indigne d'vn cœur genereux d'aymer quelque chose pour le proffit. Ce seroit vn traffic, & non pas vne amitié, qui finiroit auec le bien; car il faut que l'effect suyue la nature de sa cause, & que l'vn cesse necessairement auec l'autre. Et prenez y garde, si le vulguaire qui n'ayme que pour la commodité, ne cesse d'aymer lors qu'elle defaut; comme les moulins qui tournẽt tandis que l'eau & le vent donnent dans leurs rouës, & dans leurs voiles, & s'arrestent quãd il n'en y a plus. Or ce discours que ie desrobe à mes plus necessaires occupations pour vous le donner, vous sera tesmoin mon Maistre, & à toute la posterité quelque iour, que ie ne suis point de ces arondelles qui ne nous visitent qu'aux plus beaux mois; qu'au cõtraire ie suis amy de l'aduersité, & de ceux-la mesme qui songent le moins aux miennes. Pensez auec quel esprit ie l'ay peu former parmi les mouuemẽs qui m'agitent. Combien m'est cher le sujet qui me fait quitter le remede de mes maux, pour adoucir la rigueur des vostres. Et recueillez de la, quelle doit estre l'affectiõ de vostre valet. Adieu.

ARGVMENT.

De sa maistresse, & de ses amis. Qu'on ne se doit point marier au plaisir d'autruy. Qu'on ne se doit point laisser mal traicter à vne Maistresse. Qu'il ne faut pas quitter vne bonne fortune, pour vne mauuaise femme. Que les femmes ne sont ny belles ny laides. Que les amoureux ne se proposent que le proffit. Que les grands sont de pire condition en amour que les autres. Que c'est vne grande consideration que celle de la richesse. Que les dames ne doiuent estre recherchees que pour l'amour d'elles. Du mal-heur ou felicité d'vn bon ou mauuais mariage, causes d'vn mauuais traictement. Qu'il est honorable de vaincre les dames par la douceur ; & le dessein qu'elles ont en leur cruauté. Qu'on ne peut acquerir du bien en se reposant. Raisons & exemples pour monstrer qu'il faut trauailler. Qu'il n'y a rien qu'on donne si volontiers que le Conseil. Que personne ne voudroit changer d'entendement, ny d'aduis. Que nous ne sçauons pas mieux nos affaires que celles d'autruy. Que nous voyons plus clair ailleurs que chez nous. Qu'il n'est rien si facile que de dire qu'il faut faire quelque chose, ny rien si difficile que de la faire. En quoy consiste le vray repos. Qu'il n'est contraire au trauail institué de Dieu, ny aux moyens d'establir vne fortune. Que les plus impassibles ne sont pas les plus vertueux.

mais ceux qui estans combatus de plus de passions, ont plus de vertu pour les vaincre.

Discours cinquiesme à Saluste.

IL y a long temps que ie ne t'escris plus Saluste, & plus long temps encore que ie t'escris; pẽdant lequel ie te parle de la Philosophie, des Muses, de l'Estat & de tout plain d'autres choses dõt nous nous pourrions bien passer; mais ie ne t'ay point encore parlé de l'Amour, qui est vne follie si plaisante, & si necessaire au monde. Si ay-ie sujet de t'en entretenir, car il faut que ie confesse qu'il m'a coiffé du mesme beguin qu'il a accoustumé de bailler aux autres. Il est vray que cest par vne main à laquelle iamais ame qu'elle ait daigné prendre n'est eschappee. Il n'y a que ceux qui ne l'ont pas veuë qui n'en soient pris, les autres ne viuent que pour souffrir les cruautez de sa tyrannie, & s'estiment encores heureux. Quant à moy ie ne pense pas meriter l'honneur mesme de ses dedains, tant s'en faut desperer celuy de sa bien-vueillance; i'y aspire, mais c'est à la faueur d'vne fortune qui me rende plus digne de la seruir, & ne l'ose rechercher hors de ceste reigle, tout vain & tout glorieux que ie suis.

Mes amis neaumoins, se sont mis en la fantasie que ie la dois espouser, ou celle-la, ou vne autre, & tout de ce pas; & crient la dessus comme beaux aueugles. Pour moy, ie ne demãderois pas mieux que le premier; mais l'importance est qu'elle n'en veut point. Ie ſuis vn peu trop bas pour monter ſi haut ; mes vœux ſont pendus au ciel, & ie ne trouue point des marches pour y aller. C'eſt vne belle monſtre, mais bien difficile à monter. Ma maiſon n'eſt pas eſgale à la ſienne, ny ma valeur à ſa perfection ; & i'ay autant de deffauts pour la perdre, qu'elle a de belles parties pour m'acquerir. Mais quand elle agreeroit ma deuotion (ie ſçay bien toutesfois qu'elle n'en fait rien) mes affaires ſont ſi deſcouſues, qu'elle n'a pas aſſez de fil pour les recoudre. Si la paſſion d'vn grand amour, & le deſir de poſſeder vne choſe ſi belle, ne ſ'oppoſoit pour mon affection au bien que ie luy veux, ie luy conſeillerois moy-meſme de me refuſer. Car ie ſerois marry qu'elle ſ'incommodaſt pour m'accōmoder, & à grand peine le pourroit-elle faire autrement, quoy qu'en toutes choses elle me surpasse d'vne distance infinie.

De quitter aussi celle-la pour en prendre vne autre, au choix & au goust de mes amis & non pas au mien, comme si ie la voulois pour eux & non pas pour moy, ou que ie m'en peuse defaire au premier marché cõme d'vn cheual ; c'est chose que tu sçais bien que ie ne feray pas Saluste. Et parce que la dessus ils me poursuiuent à cor & à cri ; ie te veux prendre à iuge des raisons dont ils me battent, & de celles dont ie me deffends. Voicy donques ce qu'ils me disent.

C'est vne humeur malade de se laisser deshonnorer à vne Maistresse sous pretexte d'en estre amoureux : la vostre vous traicte comme cela, elle fait de vostre dos vn quarreau pour y fouler vos honneurs, vos escrits ne le confessent que trop; vostre patience l'irrite d'auantage, & luy dõne plus d'oser de vous broyer ses dedains sous l'asseurãce qu'elle a que vous les boirez. S'il n'en y auoit qu'vne, si elle estoit vnique en son espece comme le Phénix, vous pourriez auoir quelque raison, ou du moins quelque excuse; on souffre le mal qui n'a point de remede; la necessité fauoriseroit vostre erreur: mais il en y a tant d'autres, les femmes sont si communes, vous en pouuez choisir vne (qui ne le soit pas pourtant) qui accommodera vos affaires, & si vous apportera vn estat. Vous auez la vostre cas, cest vostre fortune; si vous la mesprisez, elle vous mesprisera;

on vous estimera mal-habille d'auoir quitté vne bonne fortune, pour vne mauuaise femme, de laquelle vous n'auez encore qu'vn desespoir. Ce sont folies de s'arrester à la beauté des femmes; elles ne sont belles ny laides, qu'entant qu'elles nous aggreent ou desplaisent: Voyla pourquoy ny belle prison ny laides amours. Il n'y a que le dehors qui nous trompe; ostez leur ce traict du visage, vous les trouuerez toutes esgales.

A cela Saluste, ie di que la plus part de nos amoureux ne se propose que le proffit. Ils ne font pas l'amour à leurs femmes, c'est leur bien qu'ils muguettent, ny ne les espousent pas, c'est leur argent. Ie ne dy pas seulement du peuple, ie parle des Grands. Les alliances qui se font entre les Rois,

Rois, ou elles se traictẽt par leurs peres lors qu'ils sont encores enfans, ou elles se negotient par Ambassadeurs lors qu'ils sont deuenus hommes. La plus part ne voyent leurs femmes que le propre iour qu'ils les prennent, & quelques fois les ont ils espousees auant que les auoir iamais veuës. Leur grandeur les oblige à d'autres conseils que ceux de l'amour, & les porte a des considerations plus generalles. Aussi dit Xenophon qu'en la iouyssance de ces voluptez, ils sont de pire condition que les autres ; & vn de nos Rois sur tous se plaint amoureusement que la Royauté le rend miserable. Il faut qu'ils pouruoyent plustost à la seureté de leurs Estats, qu'à leurs delices qui en dependent, d'autant qu'vn Empereur doit mourir de bout, & preferer tellement le ſalut de ſon Empire à ſa propre vie, qu'il puiſſe dire comme Pompee, qu'il luy eſt plus neceſſaire d'aller que de viure. Voyla pourquoy, Saluſte, leurs mariages ne regardent pas tant au particulier contentement de leurs deſirs, qu'au commun proffit de leur Eſtat. Auſſi n'enferment-ils pas touſiours l'eſpoir de leur poſterité dans le vëtre d'vne ſeule femme. Les ſuiets ne ſont que cinges & imitateurs de leurs Roys, ils les contrefont en tout ce qu'il leur voyent faire, ou parce qu'ils l'eſtiment bien fait, ou parce que ce leur eſt vn moyen de s'inſinuer en leur bonne grace. Outre cela, leur propre intereſt les y tire, chaſcun fait de ſon patrimoine vn Royaume, & penſe eſtre autant obligé de le conſer-

tier comme s'il en estoit Roy. Ceste coustume a passé tellement en force de loy, qu'on estime que c'est opiniastreté de vouloir aller au contraire.

A la verité Saluste, cest vne grande consideration que celle de la richesse, d'autant plus aymable que l'entretien de tout ce que nous auons de plus cher en depend; vne substance des plus mouuantes qui soient en Nature, sans laquelle toute autre matiere semble languir; nostre valeur mesme recherche la vigueur de ce feu comme son ame, si vous le laissez esteindre il est mort, & par consequent tout ce qu'il animoit. Les femmes, cõme les nauires apportent tousiours force l'est, a tant d'attirail, il est besoin de force fourrage. Et si par leur moyen on peut releuer les affaires de sa maison; ie di que c'est alors vne grande tentation pour nous, & vn beau traict de visage pour elles.

Ie n'estime pas toutesfois que les dames, ny l'hõneur ou la vertu doiuent estre recherchees que pour l'amour d'elles; on ne doit pas rejetter l'honneur qui vient de la vertu, ny le bien qui nous vient auec l'honneur, ou tous les deux, quand ils nous arriueroiẽt par le moyen d'vne femme; mais de les preferer à leur cause, il ne se doit pas. Il faut en estre curieux comme d'ingrediẽs necessaires, mais d'en faire son Elixir, ou son firmament; cest relleuer l'outil par dessus l'ouurier, & dõner plus de priuilege à la suite des causes, qu'à elles mesme. Et en fin c'est aller contre Dieu, qui veut qu'on reuere plus la forme que la matiere. D'où vient que ceux qui commencet par là leur affection, la finissent le plus souuent par mesme moyen auant qu'elle soit formee; car ou ils perdent leur bien, & alors adieu l'amour; il est necessaire que l'effect suyue la nature de sa cause; ou ils le possedent, & alors ils ne le desirent plus, ils ont ce qu'ils veulent, leur desir est borné par la iouyssance, tellement qu'il ne sçauroit passer plus auant. La où ceux qui iettent le gros de leurs affections en l'ame de leurs maistresses, qui donnent & reçoiuet les premiers coups de la pointe de leurs esprits dont les beautez reiallissent ordinairement par le corps; ne voyent iamais estaintes les viues flames de leur amour, leur feu tient de la nature de son essence qui est immortelle, c'est vn feu de Vestales tousiours viuant, leur desir ne se noye iamais dãs les plaisirs, ceux qui ne l'ont desirent l'auoir ; bref cest vne beatitude à mon aduis tres-parfaite, de laquelle i'aymerois bien mieux gouster les douceurs que les exprimer.

Or de desmordre maintenant, Saluste, d'vne prise tant excellẽte, qui m'acroche de tãt de beaux & honnorables hameçons, pour sous l'appas d'vn meschant estat, ou de quelque autre commodité, aualer les amertumes d'vn repentir qui deuoreroit apres ma vie : & quitter vne election ainsi faite de la plus extreme perfectiõ que i'aye peu iamais voir, pour embrasser vne creature mal faite & mal partagee sous le manteau d'vne ambitieuse fantasie ; i'estime que ce seroit propremẽt embrasser des nuages comme Ixion, au lieu de la veritable Iunon que ie me promets. Il y a tant de douceur en la concorde d'vn mariage, & tant de mal-heur en la diuision, que l'vn n'est pas moins à desirer, que l'autre est à craindre. Et ie connois tant d'impertinence parmy les femmes, & ay tant veu de caprices en leurs humeurs, que ie ne croy pas qu'il se trouuast hõme qui les peut souffrir vn seul iour, s'il n'en estoit affolé, encore y a-il bien affaire auec cela. Il peut estre, Saluste, que les autres n'en sont pas ainsi, mais pour moy ie sentirois incontinent l'importunité d'vne femme qui ne m'eust perdu, deuinez d'vne autre qui ne m'eust iamais acquis, & croy que nostre mesnage mettroit plus de gẽs en peine pour nous separer, qu'il n'e y a maintenãt en souci pour nous assembler. I'ay tousiours redouté cela, & creu que la plus douce volupté de ceste vie, ne deuoit point estre trahie par le proffit, qui peut mesme apporter vn plus grand dommage.

Et quant à ce qu'ils disent que ie suis raualé sous l'insolence d'vne beauté ieune & fiere, dõt l'orgueil s'offense de mes seruices, & m'arrachant desdaigneusement la liberté, ne peut pas souffrir encore ma seruitude. Il est vray Saluste, que ceste ingrate me tient comme on dit le pied sur la gorge; & soit à dessain ou par desdain, ou pour m'essayer ou pour m'esgarer: elle a toutesfois iugé que ie ne seruirois iamais maistre qui n'eust le cœur de me cõmander, & l'esprit de sçauoir connoistre la seigneurie que ie luy donne; & s'esgayant la dessus, elle m'a fait si beau ieu que i'ay esté contraint de luy quitter la carte. Ie croy neaumoins qu'elle m'a voulu du bien, mais il s'est esuanouy sous le faux bruit de quelques rapports qu'õ luy a fait embrasser aussi promptement, qu'elle a esté tardifue à les reietter; & les longs deffauts de ma presence qu'vne iuste douleur auoit desrobee à sa cruauté, ont acheué de me disgracier. Ces lõgs Eclypses apportent ordinairement de grands changemẽs; qui quitte la partie la perd, & tel s'en est allé le soir fort content de sa maistresse, qui reuenant le lendemain a trouué sa place prise. I'y pourrois adiouster les volontez des parens tournees à d'autres vœuz; les belles se proposent tousiours ceste reigle pour leur

quadran, c'est la carte de leur na-
uigation amoureuse, sans laquelle elles ne s'oseroient iamais embarquer ; ceste-cy va des plus re-
tenues, & tiendroit à crime de
nourrir vn dessein separé du leur;
il ne me sont pas ennemis, mais
ie sçay bien aussi comme ils m'ay-
ment. Sur tout le desespoir de
pouuoir iamais vaincre des diffi-
cultez qu'on luy rend tous les
iours impossibles, est le vray sujet
de sa cruauté, n'y ayant rien que
l'on se propose si legerement de
hayr, que ce qu'on desespere de
pouuoir iamais legitimement aymer.

Or ie ne l'estime pas si cruelle
Saluste, que si le retour d'vn heureux succez luy pouuoit produire ceste esperance, ie ne la dispo-
sasse à quelque pitié. Elle est genereuse & ne vise à rien qu'à l'hō-

neur ; si m'a elle confessé depuis peu de iours d'auoir esté quelquesfois touchee du souuenir de ma modestie, qu'elle a reconnue exceller entre les plus parfaictes de nostre siecle. I'en ay esté mal traicté voyrement, & le suis encore, non tant par la rigueur du mal, que par la sensibilité du suiet, estant d'vn naturel assez foible, & si delicat en matiere d'offenses, que les moindres pointures me sont autãt de playes mortelles. Mais i'ay tousiours pensé que les plus grands arbres estoient les plus exposez à ces tourbillons, & qu'il estoit autãt louable de vaincre les Dames par la douceur, que les ennemis par la force : cõme de vray il n'y a que les ames viles qui souffrent toutes autres choses que celles-la, & i'estime qu'il est autant honnorable de ſouffrir celles-la, comme il eſt infame d'en ſouffrir d'autres.

On dit Saluſte, que les iardiniers plantent les œillets par des aux, pour rẽdre leur odeur plus ſouëfue. Ainſi les belles, ſçachãt que la douceur de la volupté ne ſe gouſte qu'en l'experience de ſon contraire, que leur rigueur aſſaiſonne noſtre plaiſir, & qu'on ayme d'auantage ce qu'on acquiert auec plus de peine; ſ'eſloignent de ce qu'elles deſirent, iettent des appas pour defendre d'y toucher, & tendent des rets pour ſe courrouſſer à ceux qui ſ'y laiſſent prendre; & que ce ne ſoient des retours d'amour, ie m'en rapporte à la verité. Voyla ma deffenſe Saluſte, ie te prie de ne t'ennuyer point que ie te die encores vn mot de leur reprimẽde, car si tu n'en peus estre le iuge, ie t'en veux rendre au moins le tesmoin. Vous voulez dõques, disent-ils, changer la condition de vos affaires, & releuer vostre fortune pour le seruice de ceste belle, ceste ambition que vostre vertu vous fait refuser, vne fille vous l'a fait prendre. C'est pour l'amour d'elle que vous desirez accroistre, ou du moins liquider vos biens, & cependãt vous voulez croupir en repos; ce sont deux choses incompatibles & qui ont trop d'antipathye pour pouuoir demeurer ensemble. On peut bien acquerir du repos auec du bien, mais non pas iamais du bien par le moyen du repos. C'est aller contre l'ordre qui est imposé de Dieu, qui veut que toutes creatures trauaillent, depuis les plus grands hommes iusques aux moindres beſtes ; & non ſeulement les beſtes, mais auſſi les plãtes & autres choſes inanimees ont chaſcune leur taſche à faire. Le Soleil a ſon cours, les cieux ont leurs mouuemens, les eſtoilles leurs routes, la mer ſes reflux, la terre ſes tremblemens, & toute la Nature agit continuellemẽt en diuerſes operations. Il n'y a que vous ſeul qui vous voulez aggrandir en dormant, & meriter beaucoup ſans rien faire ; afin que cependant que vous nagerez en vos plaiſirs, la fortune trauaille pour vous, & vous faſſe riche ſans y penſer. Vous le prenez mal, il y faut mettre autrement les mains. La fortune veut eſtre ſinon coureuë, à tout le moins recherchee ; elle eſt femme, & veut eſtre ſeruie comme elles. Ayez honte de ne rien faire, puis que le repos est lasche, qui n'est contrepointé de quelque trauail, & qu'il est indigne de ceste paix qui n'a passé par les armes de ceste guerre. Nous vous plaignons tous de vous voir languir en vos plus beaux iours; plaignez vous vous mesme, & ne vous soyez point plus cruel que vos ennemis, qui voyent à regret la perte de vostre ieunesse, plusieurs telles remonstrances me donnent ces gens, mais point de remede. Il faut faire ici vn autre destour qui nous reduise au lieu dont nous sommes partis.

Il n'est rien au monde Saluste, de si cher que le bon conseil, cõme au contraire il n'est rien au monde à meilleur marché, ny qu'on donne plus volontiers, ny qu'on achette si cheremẽt. Chasque fol a sa teste, laquelle il ne voudroit pas auoir changee auec Iuppiter, de la ceruelle duquel la science mesme sortit armee. Et le prouerbe qui dit, Que plus sçait le fat en ses affaires, que le sage en celles d'autruy, n'est pas tousiours veritable. Nous auons tous les yeux semblables à ceste Lamye, clairs-voyans par tout excepté chez nous. Il n'est rien si facile que de dire qu'il faut faire quelque chose, ny rien si difficile que de la faire. Nous sommes en ces termes mes amis & moy Salluste, chacun deux me veut porter à faire des choses ausquelles ils ne sont iamais peu venir tous ensemble : mais ce seroit entrer en recrimination contre eux, il les faut payer d'vne autre raison, & leur sçauoir bon gré qu'ils ayẽt meilleure opinion de moy que d'eux-mesme.

Ils pensent que mon repos consiste à ne rien faire, & que ie loge ma peine aux actions qui lassent le corps, & ils se trompent; c'est toute ma peine que ce repos, & cest tout mon repos de me voir en ceste peine. Mon repos n'est pas du drap de celuy d'Egyste, il est de l'estoffe de celuy de Scypion, qui n'estoit iamais moins oisif qu'ẽ l'oysiueté. Laisser courir mon esprit sur vn sujet qui luy plaise, c'est mon repos; & le vouloir arrester sur vn autre qui l'importune, c'est mõ trauail. Parler, penser & manier de grandes affaires; songer aux moyens de seruir le Roy, les amis, ou la patrie; admirer tousiours l'honneur & la vertu des hommes Illustres, ne viure qu'en eux, & ne pouuoir reposer, c'est tout mõ repos. Nager incessamment en l'entretien d'vne conception importante, tracer à la posterité quelque caractere de nostre vie, & penser que toute la terre fondât en ruyne ne sçauroit troubler ce repos, c'est tout mon repos. Bref, c'est tout mon repos de me trauailler sur vn sujet qui soit capable de moy, & tout mon trauail de me reposer sur vn autre qui ne le soit pas.

Or que ce repos soit contraire aux moyens d'establir vne honnorable fortune, & au trauail institué de Dieu, ie le nie Saluste; & preuue que s'en est la meilleure partie. Le preiugé est en l'Euangile ou Dieu mesme vuida la question, lors que la belle Penitente engagee aux plus belles extases de ce repos, le gaigna sans mot dire contre les raisons, & la sollicitude de sa germaine. Voyla pourquoy, dire maintenant à vn homme qui ne demãde qu'à trauailler, qu'il faut faire quelque chose; c'est ne luy rien dire. Il le faut mettre en besongne, & luy monstrer les choses qu'on veut qu'il fasse. Autremẽt, c'est comme qui semondroit quelqu'vn à manger & faire grand chere, en vne table où il n'y eust rien; comme cest Empereur qui faisoit seruir des viandes faintes & bien contrefaictes, à des personnes bien affamees.

Ces gens-la pensent que ie sois vuide d'ambition, & se trompent encore en cela Saluste, à mon grand regret; car i'en suis plus plein, & plus violentement agité qu'eux mesme ne le sçauroit estre. Mais i'ay encore plus de courage pour luy resister qu'elle n'a de force pour m'assaillir. Ce ne sont pas les plus impassibles qui sont les plus vertueux ; ce sont ceux qui estans combatus de plus de passions, ont plus de vertus pour les vaincre. Socrates fust de cest aduis, quand vn phisionome l'eust iugé des plus vicieux qui fussent au monde; toute l'Academie s'en rid qui sçauoit les contraires qualitez de ce personnage. Luy mesme pourtãt confessa qu'il estoit vray, mais que par sa prudence il corrigeoit ses imperfections naturelles, qui est estre maistre de ses affections, & sçauoir iouyr du repos en la tourmente de ceste vie; Quintessence de toute la philosophie du monde, comme fit bien entendre le ieune Denys à celuy qui lui demandoit, dequoy luy auoit serui le sçauoir de Platon; Pense tu, dit-il, qu'il ne m'ait de rien seruia voir comme i'en supporte le changemēt de ma fortune ? Et toutesfois Saluste, ces gens ici sans viser à rien de certain, sans me monstrer aucune apparence d'auancement; veulent que ie me desgage de ce repos, pour embrasser le tourment de leurs passions; veulent que ie iette les yeux sur mes affaires, sans me monstrer aucun moyen d'y porter les mains; que ie regrette mō bien qui se perd, sans me proposer aucun remede pour le conseruer; & que ie plaigne ma ieunesse coulante, sans m'enseigner aucun moyen de la retenir, iuge.

Mais d'autant Saluste, que i'ay vn discours entier à te faire sur ce sujet, & qu'en poursuyuant cestuy-cy ie ne m'aduise pas que ie perds insensiblement le propos de ma Maistresse par ou ie l'auois commancé; ie ne m'y arresteray pas d'auantage, que pour te prier de pardonner à vn amoureux, s'il t'a trop long temps entretenu de ses passions. Adieu.

ARGVMENT.

Si c'est vn malheur, ou vne bonne fortune d'estre sans estat. Comment il faut estimer les honneurs, & qui sont les plus beaux. Qu'il faut cercher l'honneur en ce qui est plus estrãge, & estimer d'auantage celuy qui vient de nous mesme, que celuy qui nous est dõné d'autruy. Que celuy qui ne regarde que la vertu est d'autant plus rare qu'il est inconnu, & d'autant plus à recercher qu'il est plus rare. Quel est le principal point d'honneur, & pour quoy la richesse est plus honoree que la vertu. Que nous iugeõs tousiours les choses par leurs euenemens, & mesurons la sagesse par le succez de la fortune. Qu'elle est la plus grande ambition des hommes. Que la vertu ne peut subsister qu'aux gages de la fortune. Que le repos est la fin de tous nos labeurs, & la cause de toutes nos peines: Exemples de cela. Qu'on ne doit point attendre que l'on soit vieux à se reposer. Que ceux qui ont le plus fait, n'ont pas trauaillé d'auantage. Que le vray bien loge au contentement, & qu'vn homme de bien ne peut estre sans honneur. Qu'vn homme de vertu sans moyens, ne peut aspirer a aucun Estat. Deffauts d'vn homme de longue robbe. Du Roy Henry troisiesme, de son tombeau, & de ses grandes perfections. De la condition presente des courtisans. Que nous ne trauaillons que pour l'acquisition des choses qui nous perdent. Que n'ayant que trente ans de vie nous pensons bastir vne fortune de mille. Que de toute nostre vie, nous n'en remportons que la repentance d'auoir vescu. Que nous souhaittons mille choses de la venuë desquelles nous sommes marris. De la paßion que nous souffrons pour l'honneur & pour l'Amour. Que la satieté de quelque chose nous est plus insupportable que la disette. Que tous nos plaisirs sont en songe, & ne nous laissent que du regret. Que nous viuons auec le mõde comme les amoureux auec leurs maistresses. Que celuy est assez grand, qui est assez *sage; & qu'il n'est point en telle grandeur, que de mespriser la mesme grandeur. Qu'vne bonne fortune ne fait point meriter ce nom, mais plustost vne mauuaise. Que Diogenes estoit aussi grand qu'Alexandre. Que nous ne iugeons pas la grandeur comme elle est, mais comme elle semble; & n'estimons pas les hommes grands par leurs qualitez, mais par leurs moyens. Qu'il ne faut point aymer les choses par leurs accidens, ny laisser vne veritable grandeur pour en acquerir vne fausse. Que la plus grande partie qu'on puisse auoir est de sçauoir estre à soy. Que toute la gloire du monde ne vaut pas qu'vn homme d'entendement estende seulement le doit pour l'acquerir.*

Discours sixiesme.

A SALVSTE.

ME voyci prest de satisfaire & à la demande que tu me fais & à la promesse que ie te faisois Saluste; preste moy seulement

ment tes yeux, comme ie te donne ma main ; & prens autant de plaisir à ce que ie fais pour toy, comme i'en reçois à le faire. Ie te promettois donc en l'autre discours de t'en faire encore vn autre sur le sujet de mes amis ; qui me voudroient bien marier auec quelque femme qui m'apportast vn estat, ou bien auec quelque estat qui m'amenast vne femme. Nous en reprendrons apres le propos ; mais il faut qu'vne vanité m'eschappe premierement.

Il se lit de Sylla, qu'vn phisionome le regardant au visage, & considerant l'ardeur & le mouuemẽt de ses yeux par les reigles de son art, s'esmerueilla comme dessors mesme il pouuoit souffrir qu'il ne fust le premier du monde. Aussi ceux qui m'ont conneu si chaud en la verdeur de mon printemps, ſont bien eſtonnez de me voir ſi froid en l'ardeur de mon eſté.. Ils trouuent eſtrange qu'vn ſi grand orgueil (car i'ay quelque fiere apparence qui ſemble cacher cela) puiſſe ſouffrir vne ſi petite fortune : & comme il y a des perſonnes qui penſeroient viure ſans honneur ſ'ils viuoient ſans eſtat, mes amis penſent que ceſt mon mal-heur d'en eſtre priué. Et moy qui tiens que le vray ſiege de la felicité eſt au repos, & le repos en la priuation des charges publiques ; ie pẽſe que ceſt ma felicité de n'en auoir point. Sur cela nous auons eſté long temps appointez contraires.

On diſoit de Coriolan Saluſte, qu'on eſtimoit plus en luy la vertu qui lui faiſoit meſpriſer les honneurs, que celle qui les luy faisoit meriter. Ie ne suis pas si parfait, ny si desdaigneux, mon ambition me dementiroit, si ie ne confessois de les estimer; mais nõ pas au dessus de ma tranquillité, ny à la façon du vulgaire qui les met deuant la vertu, quoy qu'il fallust anciennement passer par son temple pour entrer en celuy de l'honneur. Ie n'yrai pas fort loing sans te dire comment ie les estime Saluste; mais il faut premieremẽt sçauoir quels sont les plus beaux honneurs, car ce mot est de grande estendue, & souffre plusieurs distinctions; ausquelles toutesfois ie ne m'arresteray pas, car il faut chercher les choses, non pas les paroles.

C'estoit vne reigle de l'Estat Romain, de ne pouuoir estre du corps du Senat sans auoir passé vingt & cinq ans, ny de pouuoir obtenir l'honneur du triomphe ſans eſtre du corps du Senat. Le grand Pompee n'eſtant encore de l'vn à cauſe de ſa ieuneſſe, & ayant merité l'autre à cauſe de ſa valeur, fut en election des deux; & ayma bien mieux triompher ſans eſtre du Senat, qu'eſtre du Senat ſans triompher. Il recherchoit l'honneur en ce qui eſtoit plus eſtrange, & plus eſloigné du commun, car il eſtoit bien plus nouueau à Rome de voir triompher vn Cheualier, deuant qu'eſtre du Senat, que de le voir eſtre du Senat deuant le temps. Car Scypion l'auoit eſté de ceſte façon, & pluſieurs Romains eſtoient du Senat qui n'auoyent iamais triomphé; mais iamais aucun n'auoit triomphé qui n'euſt eſté du Senat.

Ie ne ſuis pas ſi vain Saluſte, de

vouloir entrer en comparaison auec ces gens-la ; mais ie veux bien dire, que ceux qui ne suiuẽt l'honneur que sur les pas des autres, semblent n'aller que comme on les meine. Car i'ayme biẽ plus l'honneur qui vient de nous mesme, que celuy qui nous est donné d'autruy ; & fay bien plus d'estat du seruice que nous faisons sans obligation, que de celuy que nous rendons par deuoir. Ie ne trouue pas fort rare qu'vn Gouuerneur de prouince serue son Roy, car c'est sa function ; la charge qu'il a, l'y oblige : mais il est extraordinaire en ce temps-ici, de seruir le public en homme priué.

Cest honneur Saluste, qui ne regarde que la vertu, qui comme vn element tres-parfait d'vne substance pure & simple, ne reçoit le meslange d'aucune cõposition ; est d'autant plus rare qu'il est commun, & que l'vsage ou la corruption du siecle la rendu presque du tout incõnu. Car nous sommes en vn temps auquel l'honneur ne se cõnoist plus qu'à la lumiere de l'argent. Ce n'est plus le fer qui nous honore, mais l'or. On ne dit plus vn tel est vaillant, mais il a tant de vaillant. Il ne se trouue plus personne qui quitte ses affaires particulieres pour les publiques ; s'il s'en trouuoit, on le feroit pouruoir de curateur comme vn fol, ou l'on le mettroit en tutelle comme vn enfant. C'à esté toutesfois tousiours, & est encore auiourd'huy mon ambition ; & quoy que ie ne sois pas de l'aduis de ce Roy, qui n'estimoit rien d'honorable ou d'infame, que ce qui estoit vtile ou dommageable au pays. Si est-ce qu'entre mes principaux points d'honneur, le plus honorable est de le seruir.

Or Saluste, que ceste plus haute marche d'honneur ainsi mise, ne laisse fort bas au dessous ces commũs degrez d'ambition d'estre les premiers en quelque lieu, tenir le haut bout d'vne table, ou coucher au grand lit ; les enfans mesmes ne l'ignorent pas : mais l'vsage l'emporte sur la raison. Le monde s'arreste plus à l'apparence des choses qu'à elles mesmes, & fait tousiours plus de cas de la monstre que de l'effect. Cest honneur tient encore de l'Age d'or, il est bon en vne Republique Idéale telle que Platon auoit imaginee. Mais en ce temps qui semble auoir deschaisné tous les vices & lié toutes les vertus; il est sëblable aux fruict qui viennent hors de saison, tout le monde les admire, mais personne ne s'en sert. L'honneur ne se mesure plus que par le proffit, si vn homme a des moyens, il a de l'honneur; s'il n'en a point, il est vn pauure homme.

Cela fait Saluste, que la richesse est plus honoree que la vertu, quand on voit que par le moyen de celle-la, nous iouyssons des honneurs qui appartiennent à ceste-cy; & que les moyens leur donnent vn plus vif esclat que la vertu, laquelle est ordinairemẽt à la porte de la fortune, & ne semble reluire que par le lustre qu'elle en reçoit; car ceste huille defaillant, ceste lampe est incontinent esteinte. Et nous iugeons tousiours habille homme celuy qui est heureux, & disons qu'il a bien conduit sa fortune, comme si c'estoit par sa valeur, ou par sa prudence; & qu'il fut en nous de conduire la fortune, & non pas à elle de nous conduire nous mesme. Comme au contraire d'vn homme qui fait mal ses affaires, nous en accusons plustost le deffaut de sa prudence, que de son bon-heur; & condamnons tousiours ceux qui perdent sans receuoir aucune sorte d'excuse. Et pour lors, il n'est rien au monde de si facile que de dire, qu'il falloit faire telle chose ou telle, s'il eust fait cecy ou cela, s'il m'eust voulu croire; bref, c'est vn plaisir de deuiner ce que l'õ a veu. Voire il y a des gens qui tiennent, qu'il n'y a point d'autre bõ-heur que nostre sçauoir, ny d'autre mal-heur que nostre ignorance; que tout consiste à scauoir bien prẽdre le point de son occasion, & que ceux-la seulement sont mal-heureux qui ne le sçauent pas faire. Combien Saluste, que ie voy de beaux esprits, & des iugemens bien forts, ietter ordinairement des proiets bien fermes & bien resolus qui ne portẽt point, & des estourdis executer ordinairement leur dessein contre tout discours. Or qui mesure ainsi la sagesse par le succez de la fortune, ie supplie la fortune de ne luy estre iamais fauorable. C'est iuger des cheuaux par les selles, que iuger ainsi des choses par leurs euenemens.

Il peut estre aussi Saluste, que l'heur & la valeur se rencontrant en mesme sujet, luy apporte les honneurs qui procedent de tous deux; & qu'vn homme esgalement heureux & valeureux, assemblera ces deux sortes d'hõneurs qui procedent de la richesse & de la vertu. Et c'est à mon aduis la plus riche marque de nostre honneur, la plus grande & la plus vniuerselle ambition des hommes, d'auoir des honneurs qui esclairent leurs vertus, & des moyens qui esclairent leurs honneurs.

Ie me flaterois Saluste, si ie voulois dire que ie fusse encore à ressentir les pointes de ceste ambition. Ie ne suis pas moins passible que les autres, & suis peut estre plus conuoiteux. I'ayme bien ce premier honneur qui coule tout pur de nostre vertu. Il est certainement le premier & marche honnorablement par dessus tous autres: mais il faut aduouer qu'ẽ ce tẽps ici il a besoin d'vn coadiuteur; sa clarté se perd, s'il n'est esclairé de l'autre. Ce Pollux languit en l'abséce de son Castor, & ce sainct Elme veut estre accompagné de S. Clair. Nostre vertu ne peut subsister qu'aux gages de la fortune, nous n'auons moyen de l'entretenir que par son moyẽ. Il ne se trouue plus de soldats du temps de Labiennus qui refusent les chaisnes d'or, pour vne branche de chesne, ou pour vne couronne de fenouil. C'est honneur en fin est trop froid pour vn si chaud desir que le nostre ; il est comme i'ay dit plus naif, plus naturel & plus simple : mais l'autre est plus luysant, plus plausible & plus especieux ; cela est sans replique.

Mes amis me representant ce dernier honneur, & estans abreuez d'vne fausse opinion que i'en eusse esté capable si i'eusse voulu, crient à pleine teste que ie me suis fait vn grãd tort, de luy auoir preferé mon repos. Et la dessus les exemples & les raisons estourdissẽt les oreilles & la teste a tout le monde. Ie me suis souuent esmerueillé de cecy Saluste, & ne suis pas bien satisfait de l'amytié de ces gens qui prennent tant de peine, pour me persuader la perte de mon repos. Car c'est la plus desirable chose du monde, & l'aquisition de laquelle est la fin de tous nos labeurs. Tout le monde se trauaille pour l'acquerir, & l'õ veut que ie me trauaille pour le perdre, C'est le but de toutes les conquestes des conquerans ; Le Roy Pyrrhus respondit à Cynëas qui luy conseilloit sagement d'ẽbrasser ce repos, qu'il se reposeroit apres auoir vaincu les Romains, & vne infinité d'autres peuples qu'il desiroit subiuguer. Il eust myeux valu qu'il l'eust prins au mot, car il n'y reuint pas apres. Le repos de ce monde, & le calme de la mer sont deux choses qu'on doit prendre quand elles viennent. Aussi les plus grãds hommes en vsent tousiours ainsi. Luculle ayant vaincu les Rois d'Armenye & du Pont, se couurit de l'abry de ceste tranquillité des orages de sa Republique, & en eust bien plus de quite que Pompeiüs & Crassus qui s'y perdirẽt. Isac Coösmene Empereur de Constantinople, Lothaire de France Empereur de Rome, Alfonce d'Aarragon, Amedee de Sauoye, & sans parler de si loin Charles le quint apres auoir dõpté l'Espagne & l'Allemagne, & remué tant de guerres entre ses voysins, alla cercher ce repos dãs la sollitude d'vn Monastere auquel il changea son Empire. On ne sauroit nyer qu'il ne fit mieux & ne fut plus loüable en ceste retraicte, que nostre grand François en la jalousie qu'il eust en ses derniers iours de la succession de son fils. Il est vray Saluste, que ceux la ioüyssoyent en leur vieillesse du repos qu'ils s'estoyent acquis en leurs ieunes ans; Mais si ie l'ay tout acquis en ma ieunesse, veux-tu que ie hazarde vne chose toute asseuree sur vne incertaine esperance de me reposer quand ie seray viel? Quelle difference y peut-il auoir, sinon que ie fay plustost & plus volontiers, ce qu'ils furent contraints de faire puis apres plus tard & par force, n'ayant sceu gouster ce repos qu'apres s'estre rendus au trauail? Ouy, mais ils auoyent serui, leur pays; Ce sont bayes Saluste, i'ay desia monstré que c'est vn masque duquel on desguise son ambition, & qu'on ne sert le public que pour ses affaires particulieres; leur grandeur les y obligeoit plustost que celle de leur pays. Aussi n'ont-ils pas plus trauaillé, mais ils ont plus fait, leurs exploits sont plus grands, nō pas leurs trauaux, car tel porte le faix en se ioüant, qu'vn autre sue dessous, & ce qui leur fut le plus aisé, nous seroit le plus impossible. Il est encore vray qu'ils estoient assouuis d'honneur & de bien, & qu'il n'y a repos qu'ils n'eussent en main pour le pouuoir prendre. Mais vn homme qui se contente n'a-til pas assez? N'est-ce pas le vray bien qui loge au contentement? Et vn homme de biē peut-il estre sans honneur? C'est don-

donner des esperons à vn cheual qu'on ne peut tenir, & mettre de l'huyle a vn feu qu'on deuroit estaindre auecques de l'eau.

Ie suis toutesfois content Saluste, d'abandonner mon repos pour leur plaisir, & faillir plustost par conseil, que par raison. Mais quel moyen d'appaiser ce bouillant desir qu'ils ont de me voir en quelque lustre? Il faut que ce soit par quelque estat, ou de robe courte, ou de robe longue, c'est ce qu'ils veulent entendre. Si par le premier, ie n'ay point fait de seruice au Roy qui m'en doiue faire esperer, ny ne suis pas en estat de luy en pouuoir faire si ce temps dure, comme ie ne desire pas qu'il se change, ny qu'il soit iamais reduit là d'en auoir affaire. Il y a dix mille gentils-hommes en France, de l'espec desquels il a tiré du seruice autãt ou plus que de la miẽne qui sont sans estat, pourquoi ne le feray-ie point? Sa Majesté ne dõne riẽ mal à propos, & n'y a point de gens qui fassent mieux leurs affaires aupres d'elle que les financiers. Ceux-là certes y mettent les mains, car sans rien prendre du Roy, ny du peuple par ie ne sçay quel admirable secret de leur cabale, ils deuiennent riches incontinent; mais de me ietter entre ces gens-la Saluste, pour deuenir vn Midas, ie ne le voudrois pas faire. Ie me contente d'auoir en vn seul parent de leur sorte, qui pour auoir esté General de Guienne & de Languedoc, n'en establit pas mieux les affaires de sa maison; tellement que le passage est fermé de ce costé-là.

Si par le secõd, la porte est certainement ouuerte à tous ceux qui ont de l'argent ; mais ils sçauent bien que ie ne suis pas de ce nombre: & quand i'en serois, que ie ne suis pas du bois qu'on les fait. Il y a plusieurs choses a cela qui me manquent, & i'en ay tout plein d'autres qu'il n'y faudroit pas. Laissons-la coupele qu'il faut souffrir (ie ne suis pas si baudet, qu'on ne me laissast peut estre passer à la faueur de tant de mulets.) Il y faut encores vn esprit litigieux, & qui se plaise d'auantage à desbrouiller les gloses du Cours, qu'à desrouiller les pieces d'vn pistolet. Et tu sçais Saluste, que ie n'ay iamais veu qu'à regret les playes de la chicquane, ny trauersé que par force le pays de procuration. Iuge quel plaisir a vn homme de mon humeur qui ne se propose que le repos, d'ouyr tous les iours les crialleries d'vne partie ou d'vn aduocat, & n'auoir les oreilles battues que des coups de tant de diuerses pieces qui iouënt en vn procez? Tu conclurras que ces greffes ne prendroient pas bien en mon pied, & que pensant addoucir vne bonne plante on la feroit mourir. I'ay dit que i'auois des choses qu'il n'y faudroit pas, ce sont des imaginations trop miennes pour les engager en ce parti, ie suis trop à moy pour me donner aux affaires d'vn chacun; & ne suis pas d'aduis de laisser l'entretien d'vne belle conception, pour sçauoir si le pred de feu Guillot, doit estre de Pierre, ou de Iean. I'ay encores vn autre mal Saluste, qui est le pire; c'est que ie ne sçaurois souffrir l'esgalité de ces compagnies ; il faut que ie sois du tout ou maistre, ou valet : ie ne suis pas bien fait pour l'vn, & ne vaudrois rien à l'autre.

I'ay desia montré que de deux marches qui releuent auiourd'huy nos afaires, l'vne & l'autre m'est inaccessible. Contentons les encore d'vne troisiesme Saluste, & voyons si d'vn tiercelet, nous pourrons tirer plus de profit que d'vn medium. Il n'en y a qu'vne a propos pour moy, encore ne suis ie pas a propos pour elle. C'est d'employer ceste honorable ambition au seruice de quelque grand qui aye le moyen & la volonté de la reconnoistre. C'est mon dernier coup, qui eust parauanture porté, s'il eust esté le premier. I'ay ceste vaine opinion de moy-mesme de m'estimer assez biẽ nay pour ce suiet; Et si du temps du Roy Henry troisiesme que ie n'estois encore qu'vn Ieune aiglat, on m'eust aussi bien ieté dans la court que dãs vn college, peut estre me fusse-ie rendu capable d'vne bonne afaire; car i'auois l'esprit assez ouuert à cela, & le iugement si rẽdu que ie parlois desia de l'Estat, lors que ie ne deuois auoir que les premiers ellemens des lettres en l'ame. Il me souuient qu'estant encor fort petit, au lieu des leçons que l'on me bailloit, ie payois tousiours mes maistres de quelques vers tournez sur le suiet de nos diuisions; & si lon m'en bailloit à faire pour la ligue comme lon n'ẽ faisoit gueres d'autres en ce temps-la, ie les rendois tousiours pour le Roy, aux Iesuytes mesmes qui n'estoit pas sans danger du fouet.

I'aymois estrangement ce grand Roy Saluste, non seulement par dessus mon age, mais aussi par dessus la raisó, car ie n'ẽ eu iamais seulemẽt la veüe, & ne saurois dire sur quoy ie fonde ceste merueilleuse affection que ie porte encores à sa memoire. Son merite m'y porte bien, mais nous ne sommes pas en vn siecle ou l'õ ayme si longuement les cendres d'vn trespassé, & mesmes sans aucune particuliere occasion. I'ayme nostre ieune Roy autant qu'vn suiet peut aymer son Prince; mais i'ay l'honneur de le voir, & d'en estre veu. Ie plains ce grand Henry son pere, que tu as veu ces iours passez cruellement massacrer, apres nous auoir sauuez malgré nous mesme, du naufrage que nous auions esmeu cõtre luy. Mais il y a du diſcours & de l'obligation en ce fait. La bõté & la beauté ſont les obiects qui cauſent l'amour, & ma connoiſſance me propoſe ici de l'vn & de l'autre. La ou ceſte premiere affection eſtoit purement naturelle, ie n'ẽ ſaurois auoir autre raiſon que ma volonté. Sa mort me penſa couſter la vie. Ie fis ſon tombeau quẽ pour ſortir de l'enfance ou i'eſtois alors, n'eſtoit point tant puerile. La France y eſtoit repreſentee par la Grece, le Roy par Achylle aſſaſiné cõme luy par l'infidelle Paris, que pour ſe meſler du differẽt des Dieux auoit encouru leur mauuaiſe grace. Les armes de France eſtoient pourtraictes ſous celle du meſme Achylle, toutes deux venues du Ciel, toutes deux gueriſſant des playes incurables, & toutes deux

cauſes

causes de grandes querelles. Ie ne le faisois point pour aucune recõpense que i'attendise de ses successeurs ; car il ne laissa point d'enfans, pour le respect desquels on deut flater la memoire de leur pere; & nõ seulement il n'y auoit aucun espoir d'en estre guerdonné, mais encore y auoit il de la crainte d'en éstre puny. Mais ou ie suyuois en cela le vent des affections de mon pere, qui a esté tousiours vn grand Royalliste; ou i'y estois encore disposé de mon naturel qui se miroit aux belles actions de ce Prince. Car il estoit vaillant à la guerre, & si vaillant que la reputation de sa valeur luy acquist des couronnes estrangeres lors qu'il tirailloit encore la côque de son enfance. Religieux au dela de l'extremité; trop clement, trop sage, &

trop liberal, grand homme d'E-ſtat, & d'vne ardente affection à l'endroit des ſiens. Il auoit force prudence, force conduite, force iugement, grand, maieſtueux, iu-dicieux, & braue: aureſte le plus bel eſprit, & la premiere langue de ſon Royaume. Mais il eſtoit au milieu de deux grands ro-chers, contre l'vn deſquels il fal-loit neceſſairement qu'il hurtât. La France auoit porté trois Hẽ-ris qui euſſent ietté ſes bornes au dela du monde, ſi le ciel les euſt accordez enſemble. On me fait bien du deſplaiſir, Saluſte, quand on eſcrit de ce Roy, qu'il eſtoit foible, inconſtant & irreſolu; & qu'on ne regarde pas que ſelon les diuerſes faces du temps, c'eſt par fois conſtance de changer. S'ils ſe fuſſent trouuez en ſa pla-ce, ils l'euſſent bien eſté d'auan-tage, & n'euſſent iamais peu reſiſter aux affaires qu'il ſurmonta. Il aymoit ſes aiſes , & ſon repos; mais tout le monde eſt Roy de ce coſté-la.

Or ie retourneray à dire encore, que ſi i'euſſe eſté tant heureux de me rencontrer au ſeruice de ce grand Roy, i'eſtime ſans vanité que ie luy euſſe rendu d'aſſez bons ſeruices ; car la ſaiſon en eſtoit belle. Il m'euſt trouué ſi fidelle en ceſte commune infidelité de la plus grande partie ſes ſujets ; & ſi bouillãt en ceſte premiere ferueur de mon aage, que qui ne m'euſt arreſté dãs le tombeau, ne m'euſt iamais arreſté dehors. Car outre la deuotion & fidelité (pieces dõt il auoit tãt affaire, & qui ne ſe trouuoient pas alors au ſac de tous les François.) I'auois encore vne inclination naturelle aux affaires , auec vne telle ardeur en ces premiers ans, vn ſi chaud deſir de l'honneur, & vn ſi grand meſpris de la vie, qu'il n'y auoit difficulté qui ne m'euſt ſemblé facile. Mais mon malheur ne le voulut pas ; au lieu de cela, on m'enuoya par les vniuerſitez ribler les rues iuſques à minuit, auec des dangers que ie n'euſſe pas courus à la guerre ; & où penſant acquerir quelque peu d'art, i'eus bien toſt perdu le bon naturel que i'auois.

Maintenant, Saluſte, l'eſchelle n'y eſt plus ; le temps, les affaires, ny moy-meſme ne ſuis plus ſi propre que i'euſſe eſté. Ie ſuis bien plus conſtant, plus ſolide & plus ferme que ie n'eſtois ; i'ay encore ceſte chaleur actiue & remuante qui perfectionne les grands deſſeins, & n'ay rien perdu de ma fidelité, ny de mõ courage. Mais ie n'ay plus la grace, la gaillardise ny la naïueté que i'auois, fleurs qui viennent & s'en vont au printemps de l'adolescẽce; ny ne me sçaurois iamais accoustumer à ceste traffique d'acheter ou vendre des fumees de Court, se transformer en la nature d'vn autre, & nourrir deux cœurs dissemblables & contraire en vne mesme poitrine, comme l'on est contraint de faire. Bref, Saluste encore que i'aye desia serui la Court autant de temps pour le moins comme le bon Iacob sa maistresse, si est-ce que ie ne la sçay point encores seruir, parce qu'on ne scauroit iamais scauoir ce qu'on ne veut point apprendre, ny iamais apprendre ce qu'on ne veut point scauoir. On y est tousiours en attente de ce qu'on n'a point, &

tousiours en crainte de ce qu'on a ; & le pis est que les lois de l'hõneur y sont si contraires à celles de la iustice, que si lon y souffre quelque chose, on se deshonnore, & si lon ne la souffre point on se perd.

Tellement Saluste que qui diroit maintenant à mes amis, s'ils ne seroient pas bien aises que ie me bastisse sur ceste glace, ie m'asseure qu'ils diroient que non ; quoy que ie ne propose pas ici les plus grands inconueniens qui en pourroient arriuer, mais ceux dont ie les connois plus capables ; ny ne les propose pas pour ne trouuer aucune vacation qui m'agrée, mais pour monstrer qu'on ne peut trouuer aucune ferme prise en la lissure de ceste vie. Nous auons beau proietter & ressoudre de grandes affaires, nous ne les executons pas; ou si nous les executons, la mort se trouue incontinent deuant nous, qui nous estouffe auāt que nous donner le loisir d'en gouster le fruict. Et comme si nous ne nous en deuions iamais aller, nous nous attachons en ces choses basses qui ne seruent que d'embarrassement à nostre retraicte. Nous ne trauaillons, que pour l'acquest des choses qui nous vont perdre, & auons, comme on dit, les yeux plusgrāds que le ventre; nous n'auons pas trente ans de vie, & pensons à bastir vne fortune de mille. C'est comme si au lieu de laisser ce corps pour aller au ciel, nous le voulions charger de fatras pour y aller plus à l'aise; ou comme si pour gaigner vn pris à la course nous nous mettions des entraues pour mieux courir.

Nous ne pouuons durer en nostre fortune, & de toute nostre vie nous ne raportons que la repentence d'auoir vescu. Qu'vn homme se represente toutes ses actions, & qu'il regarde ce qu'il en raporte. Quelle difference trouue il entre les choses qu'il fit hier, & celles qu'il à sōgé la nuit passée. La plus part de nostre beau temps se font en ieux, en mascarades ou en festins, qu'en auons nous au partir de là qu'vn ordinaire mescōtē tement? C'est vne grande passion que celle qui nous vient de l'honneur, il n'y a rien qui puisse partir d'auantage vne ceruelle ambitieuse, & c'est aussi le tourmēt des cœurs genereux. On a pēsé que si le droit estoit violable, c'estoit pour ce seul suiet, & pour cela les Cesars, les Brutes, & vne infinité d'autres se ſont refraichis & rechauſez au feu & au ſang de leurs pays, leurs peres, & leurs enfans. Mais demande leur, Saluſte, ce qu'ils raportent de c'eſt honneur? Que reſte à Saladin domteur de l'Aſie, & a mille autres heros de tant de deſpouilles qu'ils ont conquiſes en tant de batailles? Rien qu'vne meſchante chemiſe pour les couurir.

Mais ce n'eſt pas encor ce que ie veux dire; ie demande, que reſta il a Ceſar d'auoir perdu le grand Pompee ſon gendre qui luy diſputoit ceſt honneur, ſinon vne extreme douleur de ſa perte? Il ne faut pas doutter que ce ne fuſt tout ſō deſir de le desfaire, & que ce ne fut tout ſon regret de l'auoir defait. Il ſe reputa malheureux d'auoir eſté tant heureux. Quoy de Caton, ſinon d'enuyer sa mort? Et Auguste, ne pleura-il point la mort d'Antoyne apres l'auoir si viuement poursuyuie? Et cependant il ne se vid iamais en si chaud desir, ny ne se mit iamais en si grand hazard pour le contenter. Nous souhaittons mille autres semblables choses en opinion d'estre bien-heureux si elles nous pounoient venir, de la venuë desquelles nous sommes marris.

Parlons de l'Amour, Saluste, qui est vn autre mal incurable à ceux qui sont frappez de sa contagion. Quelles choses ne faisons-nous pour acheter les tranchees d'vn repentir? car ainsi l'appelle Demosthene. Il n'y a homme qui sceust iamais dire à quelles submissiõs ceste passion nous rauale; nous souffrons des choses que le papier mesme ne peut pas souffrir. Nous prions, nous pleurons, nous nous prosternons deuant nos maistresses, qui nous recompensent le plus souuent d'vne mocquerie; ou quand elles nous recompensent a bon escient, & que ce grand bien nous est arriué pour lequel nous auōs tant souffert. Nous sommes incontinent deplaisans de nostre plaisir, la iouyssance nous est plus fascheuse que là rigueur, & la satieté plus intollerable que la disette, mal-heureux d'estre disgraciez, & plus mal-heureux de ne l'estre pas. Voyla ce qu'en disent les mariez, Saluste, car pour moy ie suis encor la, & ne pense pas que si ceste cruele que ie sers me vouloit aymer, i'en fusse iamais en ces termes. Il est certain toutesfois que ce plaisir est en songe comme les autres; & que nous ressemblons tous à ce Roy qui songea de voir vne statue de diuers metaux, de laquelle il ne se ressouuint plus au resueil. Aussi nous pensons voir & manier de l'or, de l'argent & autres semblables obiets, desquels nous ne nous souuenons plus estant esueillez, non pas mesme en ceste nuict ; où s'il nous en souuient, c'est pour y former quelque regret : ou nous les auons perdus, où ils nous ont eux mesme perdus.

Tous nos autres plaisirs sont forgez & batus à la marque de ce coin la. Nous auons beau voir nos dames & nos amis, tousiours succede vn esloignement qui nous laisse plus de tristesse en l'absence, que nous n'auons eu de recreatiõ en leur compagnie. Et quand nous allons aux Comedies, Saluste, ce n'est pas pour en reuenir tous pensifs & songe-creux comme nous faisons ; c'est que nous y pensons tromper le temps ; & le temps nous trompe ; nous croyons esuiter vne fantasie, & nous l'y trouuons. On ne peut nier que la pluspart de nos delices ne soient conditionnees de ceste façon, tant plus elles nous donnēt de plaisir, tant plus elles nous laissent de regret. Mais le secret de cecy gist en ce que tout le monde le crie, & personne ne l'entend. Tout le monde se plaint du monde, & tout le monde le suit. Nous sommes cōme les amoureux qui blasment tousiours leurs maistresses, & viuent tousiours en elles. I'en connois des plus outrez qui fussent iamais, qui ne sçauroient dire pourquoy ; leurs belles n'ont rien de plus admirable que leur laideur, si n'ont elles point de parties qui puissent couurir ce defaut. Eux-mesme font ce iugement d'elles, & ne viuent que par la misericorde de leurs bonnes graces. Nous viuons au monde comme cela; nous voyons fort bien sa difformité, nous lisons à clair toutes ses imperfections, & ne nous pouuons pas garder de le suyure.

A ma volonté, Saluste, qu'on changeast cest ambitieux desir de me voir grand, en vn plus iuste soucy de me faire sage; car ie suis du naturel d'Eumenes qui n'estimoit iamais hõme plus grãd que soy, tant qu'il auoit son espee. Ie seray prou grand, si ie suis assez sage pour me contenter. Et pourquoy est-il plus grand que moy, s'il n'est plus iuste; disoit Agesilaus. Pourquoy aussi sera quelqu'vn autre plus grand que moy, s'il n'est plus content? Veut-on vne plus belle grandeur, que de mespriser la mesme grandeur? C'est la seule veritable & solide, toutes les autres sont fausses & trompeuses. Iamais grand homme ne merita ce titre par sa fortune: aussi n'est-ce pas elle que Valerius, Fabius, Pompeius, Alexandre, nostre Charlemagne, & nostre Hẽry sont appellez grãds; mais pour les grandes parties qu'ils eurent en eux. Car vn Roy pourroit tenir tout le monde de la fortune qui n'en seroit pas pour cela plus grand; & tant s'en faut qu'vne bonne fortune nous puisse acquerir ce nom, que c'est plustost alors qu'elle nous est contraire. L'experience du Pilote ne se congnoist qu'en la contrarieté des vents, ny nostre grandeur ne se void iamais si bië qu'alors qu'elle est combattue. C'est pourquoy ces grands personnages de l'Antiquité s'estimoyent heureux, & remercioyët la fortune des malheurs qu'elle leur enuoyoit pour l'exercice de leur vertu, qui ne pouuoit estre vertu que par leur moyen.

Or que ces gens la ne fussent tresgrāds, *Saluste*, que Diogenes mesme ne fut aussi grand qu'Alexandre, quoy qu'il n'eust pour logis que son tonneau; ie m'en rapporte à luy-mesme, qui l'estant allé voir vn iour, & l'ayant trouué tout couché suynant sa coustume au milieu d'vn beau Soleil, n'en peut tirer autre chose sinon, qu'il s'ostat vn peu deuant luy. Ie te prie, qu'elle grandeur en ceste vile apparence; voir venir le plus grand homme

qui

qui fut alors, ny qui ait eſté depuis au monde, ſuyui de tant de Seigneurs à qui les elemens faiſoient place, ſans ſ'eſmouuoir nõ plus qu'il euſt fait du moindre regard qui fut venu tout ſeul? Et pour remerciement de tant de careſſes & royalles offres qu'il lui faiſoit, luy dire qu'il ne luy oſtaſt point ce qu'il ne luy pouuoit dõner? Les courtiſans neaumoins ſ'en mocquerent; mais Alexandre le print bien mieux, qui ſ'en retournant tout confit en admiratiõ ne ſe peut tenir de dire, que ſ'il n'eſtoit Alexandre il voudroit eſtre Diogenes.

Nous ſommes tous courtiſans d'Alexandre, Saluſte, nous ne iugeons pas la grandeur par elle meſme, mais par l'appatence; nõ pas comme elle eſt, mais comme elle ſemble. De toutes les autres choſes nous voulons voir le dedans comme le dehors; nous ſçauons que la riche gayne ne fait pas la bonne eſpee, ny le frein doré ne rend pas le cheual meilleur. Il n'y a que les hommes que nous achettons comme chat en poche tout enſachez dans leurs veſtemens; nous les iugeons meſmes par leurs habits, & ne les eſtimons pas grands par leurs qualitez, mais par leurs moyẽs. Veux-tu ſçauoir, Saluſte, pourquoy ils nous ſemblent grands? nous les regardons ſur leurs patins; mais meſurons les ſans ces eſchaſſes, nous trouuerõs que la baze n'eſt pas de la ſtatue, & nous arriuera comme aux Grecs apres que Cymon euſt fait deſpouiller les Perſes qu'il auoit vaincus, & mettre leurs habillemens d'vn coſté, & leurs corps nuds de l'autre; ils aymerent mieux les despouuilles que le corps, & firent plus d'estat de leurs habits que de leurs personnes, qui estoient la moindre chose qui fut en eux.

C'est ici qu'il faut practiquer la reigle de ce Troyen qui ne voulust iamais iuger de la beauté des Deesses, qu'apres les auoir veuës à descouuert, & ne mettre point à la balance tous ces atours qui ne sont qu'autant de leurres, & ne seruent qu'à piper nostre iugement. Mais nous n'embrassons la vertu que pour les commoditez qu'elle nous apporte; c'est vn grand mal-heur d'aymer les choses par leurs accidens, il les faut aymer pour l'amour d'elles, non pas pour leur suite; ie l'ay dit vne autre fois, Saluste, malheur encore de s'arrester d'auantage à l'accessoire qu'au principal. Ce n'est pas ce que disoit Brutus, ie t'ay exercee toute miserable, quoy que cependant tu seruisses à la fortune. Mais c'estoit vne ame trop forte pour la rapporter à nostre foiblesse, il semble que ce siecle ici ne permette pas d'estre si vertueux; aussi ne nous souciõs nous point de ceste grandeur, nous l'admirons tous, mais personne ne l'imite. Et pour moy Saluste, ie confesse de n'estre point si philosophe de mespriser ouuertemẽt tous honneurs, mais ie le suis iusques à ne les estimer pas dessus la vertu. Toute grandeur m'est bonne, pourueu qu'elle le soit, ie les ayme toutes, mais ie n'en trouue point de meilleure.

Et si nous n'en auons point d'autre, nous faut il encor perdre celle la, soûs vne meilleure esperance d'en acquerir vne moindre? Ne ſommes nous pas aſſez miſerables, ſans nous en rendre encor d'auantage par l'inutille conſideration de noſtre miſere? On fuit pour neant les choſes ineuitables. Si lon ſouffre des chaiſnes qu'on ne peut rompre, & qu'on porte par force le ioug que lon ne peut ſecoüer, quel remede? Nous ſommes attachez de mille indomptables deſtins que nous ne pouuons forcer; ne vault il pas mieux que nous trouuions bon, ce qu'il ne nous ſeruiroit de rien de trouuer mauuais? ha! Saluſte, toute la grandeur du monde ne vaut pas qu'vn homme d'entendement eſtende ſeulement le doit pour ſe l'acquerir. Grauons nous cela daus le cœur, & penſons que c'eſt la plus belle deuiſe que nous y ſceuſſions iamais mettre.

ARGVMENT.

Des mauuais amis. Que ce n'est pas assez de conseiller ses amis si lon ne leur aide. Qu'il n'est pas tousiours mal fait de fuyr, ni tousiours bien fait aussi d'attendre la mort. Que les blessures ne sont bonnes, ny mauuaises, mais l'occasiō pour laquelle on les reçoit. Que ce qu'ō peut perdre n'est point à nous. Qu'on ne peut obliger aucun à parler autrement qu'il ne sçait. Qu'il est hors d'apparence que ceux qui ont tousiours vescu pacifiquement au milieu des troubles, tremblent iamais la paix. Qu'il y a bien de la difference entre estimer beaucoup la vertu, & peu sa vie. Que c'est vne espece d'iniure d'estre loué de ceux qu'on ne voudroit ressembler; & qu'on peut bien viure sans reproche, mais non pas sans enuie.

A SALVSTE.

Discours septiesme.

IL y a long temps Salluste, que ie ne t'escris plus, & plus long temps encore que ie t'escris; pēdant lequel ie t'ay entretenu de l'Amour, de la phylosophie, & de mes amis; mais ie ne t'ay point encore rien dit de mes ennemis, & c'est d'eux que ie reveux maintenant parler; apres auoir contenté nos amis, car il vaut mieux les payer de raison, que les mespriser ouuertement par mon silence. Ceste action, est aussi trop contraire à mon naturel, & à la reuerence que ie leur porte; car il me plaist bien d'exposer mon innocence au iugement de leur passion, & ayme mieux les auoir pour iuges, que pour ennemis. S'ils se plaignent, Saluste, ie leur veux faire raison telle qu'ils voudront, s'ils m'ont offensé, ie n'en veux point. Il me semble que ne leur demandant rien, ie me puis estre refusé, & qu'en leur accordant tout, ils ne doiuent point estre mal contans. Les vns s'offensent de ma presomption, les autres se plaignent de mes desbauches, & tous ensemble regrettent ma ieunesse mal employee. Il faut voir maintenant si c'est auec raison, car si ie ne mõtre d'estre accusé de ce qu'ils me reprennent, ils sont dignes d'estre repris de ce qu'ils m'accusent.

Ie ne voudrois pas Saluste, qu'ẽ leur pensant rẽdre conte de mes actions, il leur vint en la fantasie que ie prinse mal la liberté de leurs censures. Mais ie ne voudrois pas aussi que la briefueté de leurs sentences, leur acquit le renom de fols iuges. Ie sçay que ceux qui s'offẽsent de leurs amis, ressemblent à ce Telephe qui pour

pour estre guary de sa playe, fut contraint de recourir à celuy-la mesme qui l'auoit faicte. Mais ie sçay bien aussi que sous ce nom là se desguisent plusieurs Sophystes qui se couurans de l'authorité de ce titre, se permettent de censurer ceux qu'ils ne se peuuent permettre d'aymer.

Passons cecy legerement, Saluste, ie ne suis pas si presomptueux que ie m'estime sans presomption; mais comme ma science est de ne rien sçauoir, aussi ma presomption est de le connoistre. hors de la, ie ne m'en sçai point; s'ils m'en enseignent, il n'est deuoir auquel ie ne me mette pour l'apprendre, & leur tesmoigner que ie ne suis pas tāt incorrigible de m'aheurter à vaincre par opiniastreté, ceux desquels l'estre vaincu m'est plus honnorable. Et puis qu'ils sont mes amis, ils ne me doiuẽt point taire l'importance de ce secret. Il ne faut pas dire cest homme est malade, il luy faut monstrer le mal, & le guarir. Ce seroit peu de soin à vn homme, & encores moins à vn amy qui verroit perir vn autre, de se contenter de le dire, & le laisser perdre, car comme dit tõ Seneque, Saluste, celuy qui visite son amy & le laisse en sa tristesse, semble plustost se mocquer de luy, que le consoler. Cest peu de chose dit Platon, que le voir souuent, l'entretenir & le consoler de paroles, voire luy donner conseil, si l'on ne luy donne du secours. Et les Rhodiens punissoient iustement de mort, ceux qui se mesloient d'alleguer les inconueniens sans auoir en main le remede. Il faut ce disoit Anaxagoras, que ceux qui ont affaire de la lumiere d'vne lampe, y mettent de l'huyle pour l'entretenir.

La mesme raison Saluste, pourra seruir à ceux qui font tant de cas de mes desbauches, à la verité tres-grandes selon la mediocrité de ma fortune, mais tres-mediocres selon la grandeur de mon courage. Car on n'a rien pour rien en ce monde, & c'est vanité de penser achetter des choses grandes par des petites. Mais ces amis qui n'allongent leurs bras que pour leurs commoditez; & tant de remonstrances sans effet, me font souuenir des orages, qui tonnent continuellement, & esclairét fort peu du temps. Quant a ma ieunesse, ie ne puis pas nier qu'elle ne soit mal employee; ie ne croy pas aussi qu'elle soit perdue tant que les traces en ſeront ſi nettes ; mais pour leur donner gaigné, i'en ayme mieux aduouer la perte, & confeſſer ce qui n'eſt pas, que démentir ce qu'ils ont dit. Ils doiuent iuger qu'vn fruit n'eſt pas meur en ſon automne, qui n'a eſté verd en ſon printẽps; & puis qu'vne faute reconnue eſt a demy pardonnée, ils me remettront s'il leur plaiſt, celle que ie me ſuis faite.

Cela preſuppoſé Saluſte, ie ne ſcaurois croire que mes amis fuſſent malcontens d'vne raiſon, de laquelle mes ennemis meſmes ſe tiendroiẽt bien ſatisfaićts, ſi d'auenture ils n'en eſtoient du tout incapables. Et ſi ceux-la ſont appaiſez, i'ay peu d'occaſion de craindre ceux-cy, & belle eſperance d'emporter en leur compagnie, ceux que ie me promettois de vaincre tout seul. Toutesfois Saluste, nostre honneur ne cherche pas son embelissement en leur infamie, car peut estre aurons nous plus de honte de nostre victoire, qu'eux mesme de leur defaite. En quelque autre part ou leurs imperfections fussent moins connuës, ie tascherois de les deguiser, & leur donner autant de valeur comme il leur en manque; mais ici leurs actions dementiroient incontinent mes paroles, & ie perdrois ma creance en les louant, comme ils l'ont perdue en me voulant blasmer.

De leur courtoisie ils m'en ont fait sage par experience, s'efforçants de m'oster la vie, alors que i'auois moins dequoy la defendre, & tirant le fer sur vne personne qui non seulemēt n'en auoit point, mais qui estoit encore seule au milieu de force gens. Et que pensent-ils auoir acquis en l'infamie d'vn assassinat si honteux ? Quel exploit duquel on se doiue si hautement vanter, que vingt Arsacides ayēt fait retirer vn homme tout seul ? Douze sergens bien armez batront bien vn homme tout nud, pourueu qu'il ne se defende. Quand ie m'en serois allé comme ils disent, ou encore plus viste qu'ils ne disent pas, ce ne seroit pas la premiere fois ; ie n'auois pas là mes causes commises deuāt tels iuges. Demosthene disoit, qu'il auoit fuy vne fois, pour combatre deux. Fuyr la mort n'est point de soy reprehensible moyennant que ce soit sans lascheté de cœur, ny l'attendre louable si c'est auec mespris de sa vie. Et toutesfois

Saluste, ils sçauent bien que ie l'ay seul attendue auec plus de courage que de iugement, en vn lieu ou tous mes amis n'estoient pas pour me sauuer, s'il eut le cœur de me perdre. Il fait trop bon batre le chien deuant le Lion; s'ils y eussent esté comme moy, à grand peine eussent-ils iamais euité la saignee. Mais ils sont trop bien apris pour en venir là, & ie ne m'en soucie pas tãt aussi, car ils ne m'ont pas si mal traicté que ie les y doiue iamais obliger. Et quand ils l'auroient bien fait, il y faudroit bien des machines & des engins à les y tirer. Doit-on croire qu'ils acceptassent maintenant auec honneur, vn parti qu'ils ont refusé si souuent auec tant de honte? Et puis quel honneur de faire venir des gens qui rapportent la gloire de leurs actions à l'execution de leurs trahisons? qui n'ont manié iamais fer que pour en marquer le crime de leur infidelité? qui ne sont connus que par la renommee de leurs forfaits, & de qui le nom n'est sorti en veuë que par la porte qu'ils ont ouuerte à la perfidie? Quand la consideration de mon honneur ne m'en empescheroit, celle de leur infamie m'ẽ deuroit garder. I'aurois honte d'agir auec des personnes qui ne s'asseurent pas mesme de leur ombre, & qui semblables aux hosties immolees, n'ont rien que la langue, & le ventre.

Cecy m'emporte assez vainement hors des termes de la modestie, Saluste, mais leur insolence ne peut estre repoussee que par vne autre; il m'a esté force de rapporter cela d'eux, pour faire voir leur desloyauté, comme on marque la fausse monnoye afin de la faire connoistre telle, & pour faire apperceuoir les efforts de leur langue par les effects de leurs mains : afin qu'on ne s'estonne pas que ceux-la prestent leurs bouches à ces parolles, qui ont desia voué leurs mains a si damnables effects ; car ce leur est vne espece d'allegement de dire du mal, alors qu'ils n'en peuuent plus faire. Mais accordons leurs parolles auec leurs actions.

Cest homme, disent-ils en parlant de moy, s'estime beaucoup pour valoir bien peu, pour vn cœur timide, il a la bouche bien hardie, & auec toute ceste arrogance, c'est grand cas qu'on la veu tousiours mal-heureux, blessé des vns, trahy des autres, mal traicté des grands, poursuyui des moindres, & abandõné de tous. Voyla Saluste, quelque eschantillõ des pieces de leurs discours, & quelques pointes des traicts de leur mesdisance, qui sont à mon aduis les plus doux, car les plus aigres se sont brisez en esclats auant que venir à moi, il faut rompre encore ceux-cy.

Que ie m'estime beaucoup ie le nie, & que ie vaille peu, ie l'aduoue; mais ils n'en sont pas iuges competens, car ils ne peuuent pas deuiner ce que ie m'estime, & n'osent pas essayer ce que ie vaux; tellement qu'ils sont manques de pouuoir en l'vn, de courage en l'autre, & de iugement en tous les deux. Quãt à mon cœur, s'ils l'eussent aussi bien sondé comme ma bouche, ils eussent veu l'execution de ce dont ils n'ont ouy que la promesſe, & euſſent conneu que mes parolles n'arriuent pas à ce que ie fais. Et pour l'arrogance dont ils m'accuſent, leur orgueil fera touſiours voir que ce n'eſt aupres de luy qu'vne humilité; Mais me reprocher des playes honorables! Les enfans ſçauent que ce ſont les marques de noſtre courage, & ceux qui ne ſçauent rien ſçauent encores cela, non pas qu'elles ſoient bonnes ny mauuaiſes d'elles meſme, mais ouy biẽ l'occaſion pour laquelle on les a receuës, que ie ne ſçaurois mettre ici ſans exceder la louange que ma modeſtie me defend. Et que diroient ils d'auantage ſ'ils m'auoient eux meſme bleſſé? Et toutesfois Saluſte, ils ſçauent bien qu'ils ne furent iamais en lieu ſi chaud. Que ſi i'ay eſté mal-heureux, ils m'en deuroient regretter, car c'est la nature du mal d'apporter de la cõpassion; n'ont ils pas au moins la patience de me voir souffrir ? C'est vn iugement honorable que Dieu fait de moy, de m'estimer capable de soustenir l'effort de plusieurs mal-heurs. Mais si ie ne leur en fay point de pitié, que ie ne leur fasse point enuie.

Au reste qu'ils ne se soucient point tant du mauuais traitement que m'ont fait les grands; car c'est vne maladie enragee de ne vouloir pas receuoir en gré, ce que ie prens moymesme en bonne part. On sçait assez que i'en ay plus receu d'honneur en vn iour, qu'ils n'en peuuent esperer de leur vie, & leur ay plus d'obligation de m'auoir ainsi mal traitté, qu'a eux-mesmes de s'en ressentir; Aussi ne s'en plaignent ils, que parce que ie m'en contente, & ne s'en offensent que parce que ie ne m'en offense pas. Ie m'ē suis esloigné les mains vuides, ce que peut estre ils n'eussent pas fait; mais i'en ay r'ēporté le cœur aussi plein d'esperance, comme il fut iamais de desir, auec les promesses de leur amitié que i'estime par dessus les choses inestimables. Et pour dire que i'aye failly quelques estats, il ne s'ēsuit pas que ie les aye perdus, il eust falu premierement les auoir acquis; I'ay plus desiré de les meriter, que de les obtenir, & ay tousiours pensé que ce que ie pouuois perdre, n'estoit point a moy. Tous ne pouuons pas tout, Saluste; il est raisonnable que les affaires nous meinent, apres que nous les auons menez. S'ils s'en sont trouuez de plus habilles, leur ambition n'emporte rien de ma fidelité, elle excuse plustost le deffaut de ma diligence. Ie diray comme Anthiocus apres auoir perdu son Estat contre les Romains, ils m'ont fait plaisir de me descharger d'vn si grand soucy. Et Pedaretus ayant failly d'estre des trois cents de Sparte, ie suis bien aise, dit-il, qu'il se soient trouuez en la ville trois cents hommes meilleurs que moy.

Bien Saluste, il les faut aduouer d'vne chose parmy tant d'autres, cest d'auoir esté trahy, poursuiuy, & abandonné. Cela est vray, & n'y a gens au monde qui le puissét mieux asseurer, car c'est chose qu'eux mesmes ont faite; il est raisonnable qu'on les en croye. Mais auoir ietté les mains sur vne personne desarmee, & la laisser partir en estat de les mal traitter la premiere fois qu'ils tõberont entre les siennes; c'est en quoy ie ne trouue pas qu'ils soyent les plus fins. Et puis deriuer leur gloire d'vne si detestable source! Ie m'estonne que ces gẽs ici n'ayent point de honte, combien que veu leur impudence, il se faudroit estõner qu'ils en eussent. Pauures gẽs! Ils ressemblẽt aux vers a soye qui s'estouffent en leur besongne, Il ne sera point mauuais de les laisser faire; Et quoy Saluste, les voudrions nous obliger à parler autrement qu'ils ne sauent? Ils sont tous faits a dire facilement, & souffrir encore plus aisément des iniures; ou ie n'ay point accoustumé d'ẽ ouyr, ny ne prens point plaisir d'en dire. Ils doyuent croire que ie n'ay point plus d'enuie de les attaquer, que de crainte de le pouuoir estre; & que quād leur mauuaise fortune les y portera, & que ie le voudray, ils ne se souuiendront pas tant de contreroller ma vie, que de me demander la leur.

Mais voycy le meilleur Saluste, ils disent encores apres tous ces discours, que i'ay entreprins sur leur ville en pleine paix, & qu'on m'a veu de nuict en leur fossé habillé de blanc. Certainement la medisance est vne chose bien estrange, & bien esloignée de toute pudeur: mais encore la couure t'on de quelque apparēce pour la faire receu oir, la ou ces bonnes gens la despouillent de toute couleur, & font voir à nud la vergongne de ses hontes. Car qui a t'il de vray-semblable en cela? qu'elle forme de creance s'y pourroit iamais chausser, fut elle aussi large & aussi aduenante comme le soulier de Theramene ? Qu'vn homme qui a tousiours vescu pacifiquement au milieu des troubles, trouble maintenant la paix ! & puis pour prendre leur ville, comme si i'estois quelque grand Poliocertes qui n'eust iamais fait autre chose. Mais pourquoy cela ? car en toute chose il faut vn dessain, principalement en vne entreprise de telle importance. La ville n'est pas à eux, elle est au Roy, embrasse & reconnoist fidellement le seruice de sa maiesté; il seroit mal à propos d'entreprendre sur luy pour me vẽger d'eux, ie croy que ie ne m'ẽ trouuerois pas bien. Ie n'ay iamais esté traistre, non pas mesme à mes ennemis, tant s'en faut à mon Prince, à la fortune duquel i'ay noué la mienne. Ie n'ay iamais alteré là paix, non pas meſmes en pleine guerre. Il n'y a point de parti en France autre que le ſien; d'en faire, oſtez vous de là. Ce n'eſt pas ville de frontiere qu'on puiſſe rendre à l'eſtranger. I'y ay cent amis pour vn ennemy, que le ſoldat ne diſcerne point. I'ay cent moyẽs de les perdre plus courts, & moins dangereux que celuy-là. Par quel moyen me veut-on obliger à croire Saluſte, que i'aye fait iamais vn ſi grand faux bon? Il y a pour le moins dix mille perſonnes qui ſont dedans, il en faudroit bien au moins cinq cens dehors pour les forcer; d'où ſeroit-il poſſible que ie les euſſe, & ie les fiſſe ſortir en frappant du pied comme ſe vantoit Pompee? Se trouueroit-il cinq cens hommes au pays qui fuſſent ſi fols de s'engager en ceste entreprise ? Ce sont bayes, il s'en trouueroit plustost mille qui m'assisteroient à les estrangler si ie le voulois, qu'vn tout seul qui me voulust accompagner à cela. C'est vn discours si hautement esleué dessus l'apparence qu'il n'est pas possible que le soupçon y puisse iamais attaindre.

Mais posons qu'il soit, Saluste; que n'en font ils informer ? Ne sçauroyent ils trouuer deux tesmoins de tant de personnes qu'il faudroit auoir pratiquees a c'est effect ? Les entreprises sont bien secrettes auant qu'elles s'executent, mais des que la mine a ioüé, elle est euentee, il n'y a plus moyen de la couurir. Et me semble que c'est vne belle prise qu'ils ont sur moy; ils auroyent barres sans doutte, & si il importe à leur fidelité, de le negliger.

Voyons maintenant les compagnons qu'ils me baillent; les vns me ſont inconnus, les autres me ſont ennemis. Eſt-il croyable qu'en vne faction de telle importance, ie me ſois fié a des perſonnes qui ne me connoiſſent point? ou que d'anciens ennemis nous ſoyons deuenus nouueaux camerades, pour courre enſemble les hazars de c'eſte fortune? Quand nous euſſions eſté tous amis, encore n'y fuſſe ie pas allé le plus foible de peur de quelque eſmeute au partage; ie ſçay comme il en print à ceux qui auoyent ſuiuy le Lyon, qui faiſant puis apres la part, print la premiere comme le plus digne, & l'autre cõme le plus fort. Et toutesfois Saluſte, ces gens icy m'y font aller tout ſeul comme vn carabin,

& crient a pleine teste qu'on m'a recõnu de nuit en leur fossé tout couuert de blãc. Ie m'esmerueille qu'on n'y tirast.

Cecy merite mieux d'estre mocqué desdaigneusement, que refuté soigneusemẽt; mais il faut monstrer leur malice, & nostre innocence. On sçait assez Saluste, que ce ne sont pas mes couleurs, & quand elles le seroient, ie n'auois garde de les porter en ce lieu; i'eusse craint de paroistre mal a propos. Et qu'elle finesse seroit cela, de se descouurir alors qu'on tasche le plus de se desguiser? N'eust ce pas esté ce demasquer deuant la dance? D'auantage a quoy m'ont-ils discerné des autres s'il estoit nuit? estois-ie la tout seul habillé de blanc? Cela est desia fort grossier, s'ils ne veulent dire que i'y fusse en blanc, car en cela leur indiſcretion en iugeroit plus diſcrettement.

Mais quãd mõ genye, ou quelque mauuais deſtin m'y euſt enuoyé, encore n'y fuſſe ie point allé comme ils veulent. Ie n'ay pas la teſte d'vne courge pour en faire ſi bon marché. I'ayme mieux n'eſtre point ſi braue comme ils me veulent faire. Il y a bien de la diference diſoit Caton, entre eſtimer beaucoup la vertu, & peu ſa vie. Les loix Grecques puniſſent celuy qui abandonne ſon bouclier, non pas ſon eſpee, pour monſtrer qu'on doit premierement penſer à ſe defendre, qu'à offenſer ſon ennemi. Les Ephores condãnerent vn Iſadas a l'amende pour ſ'eſtre hazardé tout nud au peril de la bataille. Et Homere n'enuoye point Achille a la guerre tout deſarmé, au contraire, il employe iusques aux Dieux pour luy forger de nouuelles armes. Et ceux cy me voulant faire hardy de peur, me font aller en pourpoint donner de la teste contre vne muraille & m'y precipitét en enfãt perdu, cõme qui saute la fenestre ayant beau loysir de passer la porte? Cela ne rime point pour tout Saluste.

Il faut forger d'autres calomnies promeuës & labourees auec plus d'artifice, celles-là se desfont auant que venir à moy. Les bouches qui les ont escloses, voyant qu'elles ne trouuent plus autre place, sont contraintes de les reprendre. Les diuers rencontres qui s'entrechoquent en leurs discours, les fait cacher hõteusement dans les ombres ou l'imposture fait ordinairement ses retraictes. Qu'ils cherchent d'autres nuages pour obscurcir la beauté de mes actions, ceux-là la rendent encore plus belle, & la font reluire d'auantage. Ils ressemblent aux peintres qui par les ombrages qu'ils apportent aux choses claires, les rendent encore plus viues.

Demain ils luy bailleront vne autre tainture, & encore apres demain vne autre; comme ce sõt des cerueaux incertains & flottans qui ne vont iamais qu'en tournoyant, qui comme des Cameleons & des Poulpes, boyuent & reçoyuent toutes couleurs, & muables comme des Prothees, ou comme Achelois ne combattent que d'inconstance. Et comme ie ne doutte point, Saluste, qu'ils ne commentent cecy selon le naturel de l'esprit qui les possede; aussi ne doiuẽt ils point craindre

dre que ie n'y responde en telle façon que mon honneur le requerra ; & que ie ne porte ma vie par toutes les extremitez de la terre pour ratifier auec l'espee, ce que ie suis contraint de coucher maintenant auec la plume ; leur offrant des ce iour toutes les cõditions qu'ils sauroyent desirer, d'vne personne autant soigneuse de conseruer son ancienne reputation, que desireuse, d'en acquerir de nouuelle.

Il est vray que ie voudrois bien que ce fut par vne autre voye, car ce seroit vne estrange equiuoque d'en vouloir recercher en leur turpitude. Ce n'est pas aussi mon ambition, & ils me feront plaisir de ne m'y cõtraindre pas, non pas tant de peur qu'ils me puissent faire, que de celle que i'ay que la honte de leur mort, ne diffame l'honneur de ma vie. Voyla mon apprehenſion Saluſte; la leur paſſe plus auant, car ils viuent en fils de Geolier touſiours en priſon dans leur maiſon propre, quoy que Dieu mercy, ie ne leur en aye point donné de ſuiet; mais ceſt la conſcience qui les accuſe, & la connoiſſance qu'ils ont du pouuoir que Dieu m'a donné de les rendre plus petits encore qu'ils ne ſont pas, quoy qu'ils ſoient des moindres; ſçachant bien qu'il eſt en moy de les perdre (ſi le deſdain ou la pitié ne m'arreſtent) auſſi ſouuent pour le moins que ce mal-heur leur arriuera de me rencontrer.

S'ils ont des querelles qu'ils les deuident, on ſçait aſſez que ie ne ſuis point meſlé parmi leurs fuſees, Dieu m'en a touſiours preserué. Cependant ie les attendray tousiours sur ma garde, auec vne parfaite confiance que leurs mauuaises paroles, ne sçauroient alterer l'integrité de mes bonnes œuures. Ils me font honneur en mesdisant, puis que c'est vne espece d'iniure d'estre loué de ceux qu'on ne voudroit ressembler. Ie puis bien viure sans reproche, mais non pas sans enuie, au milieu de ces gens-la qui n'ont pour pensee que mon malheur, ny pour plaisir que le desplaisir des autres. Ce qu'on fait de bon mesmes en public, ils le detestent en secret, semblables aux mousches qui ne se paissent que de mauuais sang, & ne s'arrestent que sur nos excremens; nostre corruption est leur aliment, nous n'aurons point debat de ces ordures. Qu'ils se remplissent cõme ventouses de mes plus mauuaises humeurs, qu'ils disent de moy tout le mal du mõde, ie dirois d'eux tout autant de bien, si ie n'auois peur de mentir comme eux.

ARGVMENT.

Que c'est vne iniustice de vouloir alleger des peines que l'on souffre iustement. Que l'on ne meurt iamais d'amour, & rarement de douleur. Qu'vne consolation imaginaire est incapable de la guerison d'vn vray mal. Qu'il y a plus de gloire à celer discrettement sa douleur, qu'à la publier.

A SA MAISTRESSE.

Discours huictiesme.

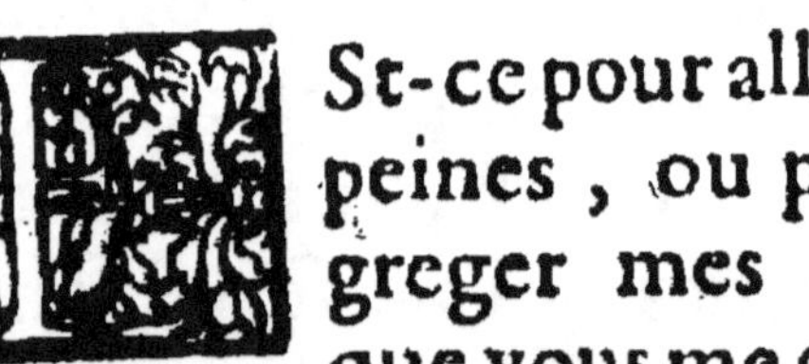

St-ce pour alleger mes peines, ou pour rengreger mes douleurs que vous me commandez de les exprimer ? Ie vous le demande ma belle, parce qu'en l'vn & en l'autre le commandement est iniuste, & l'obeyssance impos-

impossible; Iniuste d'autant que les souffrant iustement pour la priuation du plus cher objet de ma veuë, c'est vne iniustice de me commander de les alleger; & impossible parce qu'estant arriuees iusques aux dernieres extremitez, elles ne peuuent plus estre rengregees: Mais impossible encore pour ne vous pouuoir obeyr en l'expression d'vne chose que ie suis plus capable de souffrir, que tous les hommes du monde de conceuoir. O ma belle, par ou pourray-ie commancer vne chose tãt infinie! & quel ordre pourray-ie donner à tant de confusion! Auois-ie merité des douleurs qui surpassent le moyen de les dire? Falloit-il que le Ciel m'eust donné des yeux pour vous admirer, afin qu'apres la veuë de tant de beautez ils ne me seruissent qu'à larmoyer leur esloignement ? Falloit-il qu'elles me fussent monstrees, afin que ie mourusse maintenant du regret de ne les plus voir ? On dit qu'on ne meurt iamais d'amour , & rarement de douleur, ce qui est vray; car si l'ō pouuoit mourir de ces deux , il y a long temps que ie ne serois plus en vie ; mais il vaudroit bien mieux en estre quitte pour vn trespas, que souffrir tant de maux sans mourir , languir tousiours absent de soy-mesme , s'affliger de la rencontre de toutes choses, & ne voir riē d'agreable que son tourment ; car voyla la vie que mon destin, & ma mauuaise fortune me font mener , depuis que i'ay perdu la seule cause qui me la fait conseruer. Que si comme ces vieillards qu'on dit estre en certaines montagnes de Carie, que pour ne pouuoir mourir a cause du doux air qu'ils respirent, sont contraincts de se faire descendre en la plaine pour se descharger de la vie, ie pouuois sans offenser mon ame, ny ce qui m'est encore beaucoup plus cher, ma belle maistresse, trouuer vn pareil moyen pour me deliurer de la mienne; asseurez-vous qu'il n'y a lieu au monde ou ie ne me fisse porter pour y embrasser de bon cœur vne telle mort. Mais las! i'ay beau courir d'vn endroit en autre, ie porte par tout le trait dont ie suis blessé, & traine tousiours mon lien sans esperer iamais de le pouuoir rompre; ou que i'aille ny d'où que ie vienne, ie suis comme le malade a qui le changement de lit ne change point la condition de son mal; ma douleur qui me suit, se trouue touſiours deuant moy, & plus ie taſche de l'euiter, plus ie la rẽcontre; ie me deſrobe de tous, horſmis de moy-meſme, ie regarde par tout, mais ie ne voy rien qui me puiſſe plaire; i'embraſſe toute ſorte d'obiects, mais ie n'en eſtrains aucun, eſtant touſiours ſeul en bonne compagnie, & n'eſtant iamais moins ſeul ny mieux accompagné qu'en ma ſolitude. Car ceſt alors que i'entretiens paiſiblement voſtre ſouuenir, & que repaſſant en mon ame les cheres penſees de tant d'honneſtes contentemens que i'ay receuz prez de vous, & les douces imaginations du bien que vous me voulez; ie iouys d'vne telle gloire, que ie benis les propres mal-heurs qui me la font meriter. Ayant aumoins ceſte conſolation de ſçauoir que ie languis pour la plus digne cause du monde, & de croire qu'elle ne dedaigne point ma langueur , & n'est point du tout sans compassion du ressentiment de mes peines. Consolation certainement grãde, mais imaginaire, & par consequent incapable de la guerison d'vn vray mal. Que si ie me trompe en la creance que i'ay de vostre affection, croyez que ce n'est point de mon merite que ie l'ay prise, mais de vostre generosité que i'ay reconnue non moins incapable d'ingratitude, que mon amour d'infidelité. Non Madame, ie ne me feray iamais ce tort de croire que mes merites ny mes seruices vous puissent obliger à m'aymer, mais ie croy bien que cest vne grace que vous faictes à mon Amour, & qu'il y a ie ne sçay qu'elle fatalité en nos affections qui precede nos volõtez; car laissant à part la conuenance de nos humeurs, ie vous aimay du commencement, & mesmes auant qu'auoir l'honneur de vous voir, plustost par destin que par connoissance, & sembloit que vous deussiez estre mienne, par la mesme necessité qui me rendoit vostre. Et cependant, voyez qu'elle est ma dis-grace, ie me suis veu rauir ceste belle fleur, vn autre que moy la cueillie, & me la arrachee d'ẽtre les mains, voire mesme contre son propre consentement. Ha ma belle! si ie fus autres fois ialoux de quelqu'vn de vos esclaues, que ie suis maintenant enuyeux de la fortune de ce tyran, qui triomphe insolemment de vostre franchise, & captiue outrageusement la liberté d'vne creature dont le reste du monde acheteroit le seruage au prix de sa vie ; Et qui comme si la contrainte d'autruy auoit plus de pouuoir sur vous que vous mesme, en vne chose si libre & si volontaire, vsurpe par sa violence ce qui depend absoluement de vostre vouloir. Mais quoy! n'ay-ie point raison d'enuier vne personne qui me priue iniustement de mon bien, vous de vostre volonté, & tous deux ensemble de nostre contentement? qui ne me laisse pas seulement l'ombre du corps qu'il possede, & qui est encore jaloux de ceste ombre qu'il ne me laisse point?

Qui vous arrache comme vne ieune plante de la douce terre qui vous a produite, pour vous transporter hors de vostre Ciel, loin des lieux aymez de vostre naissance; & vous confiner en vn bout du monde si contraire & si reculé du doux sejour de la Court qui estoit vostre element, & de laquelle vous estiez l'Oriēt adoré des plus belles ames. O ma belle ! que ceste pensee m'afflige cruellement, & que vous ferez beaucoup pour moy de me laisser exprimer le reste par le silence. Aussi apartient-il à moy de souffrir & non pas de parler, puis que ie sçay mieux faire l'vn que l'autre. Et que ie tien qu'il y a plus de gloire à celer discrettement sa douleur, qu'à la publier. Vous qui causez mon mal, aprenez le de vous-mesme, & Adieu ma Deesse pardonnez-moy si ie ne suis pas aussi fort que luy, pour vous pouuoir dire sa violence.

FIN.